In memoriam
Manuela

P. J. Berger

DER RATTENFÄNGER VON HAMELN

Roman

© 2021 P. J. Berger
Umschlag: P. J. Berger
Illustration: Adobe Stock
Lektorat, Korrektorat: Lektor-hoch-drei

Verlag & Druck:
tredition GmbH,
Halenreie 40-44, 22359 Hamburg

ISBN
Paperback   978-3-347-29616-9
Hardcover   978-3-347-29617-6
e-Book   978-3-347-29618-3

Prolog

Von des Teuffels gewalt unnd boßheyt wil ich hie ein warhafftige Historiam melden. Ungefehrlich for 180 jaren hat sichs begeben zu Hammeln inn Sachsen an der Weser / das der Teuffel am Tag Marie Magdalene inn menschlicher gestalt sichtiglich auff den gassen umbgangen ist / hat gepfiffen / und vil kinder / knebele und meide an sich gelockt / und zum stadthor nauß gefürt an einen berg ...

Jobus Fincelius, 1556

1. Kapitel

Ritter Richard von Calenstein hatte ein Verbrechen begangen. Ein furchtbares Verbrechen, für das er bald die Konsequenzen tragen musste.

Mit seinen einundzwanzig Jahren maß er einen Meter fünfundachtzig. Das Lanzenstechen hatte seinen Körper muskulös gemacht. Er trug einen Bart.

Es war Anno Domini 1284. Das Jahr, als der Teufel seinen Fuß in die Lande von Herzog Wilhelm setzte. Als Richard das schlimmste Grauen noch bevorstand. Doch im Moment machte ihm nur der kommende Prozess Sorgen. Der Prozess vor seinem Landsherrn, Herzog Wilhelm von Braunschweig-Wolfenbüttel aus dem Geschlecht der Welfen. Richard, selbst von niederem Adel, wurde der höchsten, der Halsgerichtsbarkeit überstellt. Jener Instanz, die gar Todesurteile aussprechen konnte.

In dem finsteren Saal der Burg Dankwarderode, Residenz von Herzog Wilhelm in Braunschweig, hatte man sich bereits versammelt. Hinter einem langen Nussbaumtisch thronten der erst vierzehnjährige Wilhelm und Volkwin V. von

Schwalenberg, der Bischof von Minden. Der Geistliche war für seine Verhörmethoden berüchtigt. Er stellte seine Fragen so, dass der Angeklagte fast immer nur mit Ja oder Nein antworten, und nicht mehr ausweichen konnte. Dann und wann suggerierte er den Beschuldigten Strafmilderung, um ihnen ein Geständnis zu entlocken. Sodenn ließ er sie fallen, nahm jegliche Hoffnung auf eine Erleichterung ihrer Strafe. Sie waren ihm hilflos ausgeliefert.

Mit dem Bischof war auch ein jämmerlich aussehender Priester eingetroffen. Anzeichen von Gewalt konnte man deutlich erkennen, blaue Flecken, vor allem aber seine verrenkten, gebrochenen Glieder stachen ins Auge.

Richard ließ die Blicke zu den Richtern hinter dem Nussbaumtisch schweifen, denen einige der höchsten Vögte des Herzogs zur Seite saßen, die als Protokollanten fungierten. Beunruhigt suchte er danach die Ränge des Publikums ab, ein aufmunterndes Zeichen seiner Söldner Ado und Odulf, die dort Platz gefunden hatten, hätte ihm in diesem Moment gutgetan. Jemand zerrte an seinen Ketten, und flankiert von zwei Soldaten schleifte man ihn vor das hohe Gericht. Man hatte ihn zu einem verängstigten Tier erniedrigt.

Der Bischof gab den Beisitzern ein Zeichen, sprach ein paar rituelle Verse.

Dann wandte sich Herzog Wilhelm an Richard. »Wer seid Ihr?«

»Hochgeboren, ich bin Ritter Richard von Calenstein.«

»Wann habt Ihr Eure Schwertleite erhalten?«

»Ich erhielt im Frühjahr dieses Jahres meine Schwertleite vom Ritter von Ytzenburg.«

Richard erinnerte sich nur ungern an die Pagen- und Knappenzeit. Sie begann kurz nach dem Verschwinden seines Vaters, das ihn vollkommen aus der Bahn geworfen hatte, weswegen Gewalt gegenüber seinen Kameraden Richards Ausbildung vorzeitig beendet hatte. Nur mit Mühe und Not konnte seine erzürnte Mutter die Situation noch zum Guten wenden. Sie gab ihren Sohn als Knappe zu dem befreundeten Ritter von Ytzenburg. Der aber scherte sich kaum um Richard.

Das Lanzenstechen zweimal die Woche bedeutete für Richard die einzige Reinigung seines Geistes von seinen gewalttätigen Ausbrüchen. Mit der Zeit erlangte er eine Schlagkraft wie kein zweiter unter den Knappen und gewann zwei Turniere.

Ein Außenseiter, dem eine düstere Zukunft bevorstand. Er war ursprünglich ein aufmerksamer, guter Schüler gewesen, der allmählich dem Wein und Bier verfiel. Es begann mit jenem verhängnisvollen Schluck Bier, den man Richard auf einem Fest angeboten hatte. Und er trank, denn dies abzulehnen galt als eine Beleidigung und ein Zeichen von Schwäche. Trinkduelle mit seinen Kameraden folgten. Denn wer sich diesen entzog, wurde zum Außenseiter.

Nach dem Ende eines jeden Fests verkroch er sich gelegentlich an einen einsamen Ort. Dort trank er weiter Wein, wenn noch etwas da war, und fiel oft erst im Morgengrauen auf sein Lager. Die Ausnüchterung erschien ihm wie ein Gruß aus der Hölle. Er empfand häufig tiefen Abscheu vor sich selbst und dachte nicht selten daran, seinem Leben ein Ende zu setzen.

Wenn die Saufgelage unter der Woche bis spät in die Nacht stattfanden, bekam er meist gerade mal zwei Stunden Schlaf, und gewöhnlich kam er nicht rechtzeitig in der Knappenschule an. Das Schlimmste für ihn war, dass er anschließend ein Minnelied vortragen musste. In diesem Fall sang er mit übergroßen Augen und einem verdächtigen Geruch nach Bier, sodass die ganze Gesellschaft, Hofdamen, Wachen,

Knechte, Mägde und seine Kameraden ins Lachen gerieten. Komischerweise schien der Ritter von Ytzenburg nie etwas zu bemerken, oder er ließ sich zumindest nichts anmerken. Gerüchte besagten, er sei selbst ein Trinker vor dem Herrn.

Richard wurde immer öfter krank, und sein ungepflegtes Erscheinen wurde auffällig. Trotzdem weigerte er sich beharrlich, seine Sucht einzugestehen. Er könne jederzeit aufhören, behauptete er immer wieder.

»Ich verweilte vor etwa zehn Jahren längere Zeit beim Ritter von Ytzenburg«, sagte Herzog Wilhelm ungeduldig und Richard wusste nicht, wie lange er in seinen Gedanken verharrt hatte. Hatte der Herzog diese Bemerkung schon einmal gemacht? »Doch Euch habe ich dort nie gesehen.«

»Ich kam erst mit vierzehn Jahren zu ihm als Knappe.«

»Seid Ihr bei ihm nicht Page gewesen?«

»Ich war es zuvor bei einem befreundeten Ritter meines Vaters, dessen Name mir entfallen ist. Doch dieser Dienst wurde vorzeitig beendet.«

»Da ist es! Wie kommt es, dass ein Edelknecht von seinem Herrn nicht als

Knappe übernommen wird?«, fragte von Schwalenberg.

»Ich hatte ein paar Verfehlungen in meiner Jugendzeit. Daher entließ man mich.«

»Seht Ihr!«, rief der Priester. »Ein niederträchtiger Bengel, der sich seiner Erziehung widersetzt. Der sich auch heute nicht dem Gesetz beugen will!«

»Wer ist Euer Vater und Eure Mutter?«, wollte der Herzog von Richard wissen.

»Mein Vater ist Ritter Arno von Calenstein. Meine Mutter Hildegard von Calenstein.«

Richard erinnerte sich an seinen Vater, einen Ritter aus niederem Adel. Ein junger, dürrer Mann. Allen außer Richard selbst kam er winzig vor. Selbst seiner Mutter, die nur geringfügig kleiner war als ihr Ehemann. Richard blieb ein Einzelkind. Vier Geschwister waren bei der Geburt oder im Kleinkindalter gestorben. Ob er von seinem Vater später noch einen Stiefbruder oder eine Stiefschwester bekommen hatte, wusste er nicht.

Spannungen prägten von Anfang an Richards Verhältnis zu seinen Eltern. Für sie war er immer nur das ungewollte Kind, das »Ding«. Das spürte er. Wenn er sich um etwas bemüht hatte, bekam er niemals ein Wort des Lobes. Kurzum: Er fühlte sich alleingelassen und einsam.

»Euer Vater schuldete meinem Vater, und damit mir, eine Menge Geld!«, sagte der Herzog streng. »Ich habe ihn lange nicht mehr gesehen. Sagt mir, wo hält er sich auf?«

Richard wusste um die hohen Schulden seines Vaters beim Herzog, denn er hatte sich Geld geliehen, nachdem der finanzielle Ruin, den er selbst verschuldete hatte, die Familie vor große Schwierigkeiten stellte.

Dass sein Vater sich eines Tages einfach davonmachte und die Familie im Stich ließ fraß sich in Richards Gedächtnis ein wie die Brandmarke in das Fleisch eines zu Zwangsarbeit Verurteilten. Da war er sechs Jahre alt. Am Anfang war er tief bestürzt, traurig und hoffte, dass sein Vater zurückkommen würde. Er kam nicht. Irgendwann hasste Richard ihn dafür.

Seiner Mutter war das Verschwinden bald gleichgültig. Sie warf die Sachen, die sein Vater zurückgelassen hatte, weg. Schließlich fand sie einen neuen Liebhaber und redete nicht mehr über Richards Vater. Manche

Leute schlossen die Möglichkeit nicht aus, dass er von einer Räuberbande getötet worden war. Doch Richard und seine Mutter wussten es besser: Er war untergetaucht. Bis zum heutigen Tag wusste Richard nicht, was aus ihm geworden war.

»Ich weiß nicht, wo er sich aufhält«, antwortete Richard wahrheitsgemäß dem Herzog. »Er verließ unsere Familie vor einigen Jahren und kehrte nicht wieder. Die meisten vermuten, dass er sich dem letzten Kreuzzug anschloss und dabei starb.«

»Also hat er seine Familie im Stich gelassen?«, fragte der Herzog.

»Mit seinem Verschwinden brach eine Welt für mich zusammen. Ich fühlte mich orientierungslos und ...«

»Wenn er sich dem Kreuzzug angeschlossen hat, ist er ein Märtyrer«, fiel ihm sogleich Bischof von Schwalenberg ins Wort. »Für den Sieg über die Sarazenen sollte jede Familie ein Opfer bringen. Es ist keine Sünde, wenn man dafür seine Familie verlassen muss, sondern der Pfad zum Himmel!«

Richards Vater war ein Herumtreiber und ein religiöser Fanatiker gewesen. Wie oft hatte er über die geldhungrigen Juden hergezogen und gefordert, alle ungläubigen Sarazenen im Heiligen Land zu töten.

»Man berichtet mir, Ihr hättet Euer Leben immer weniger im Griff. Euren Wutanfällen wart Ihr niemals Herr geworden?«, fragte der Herzog.

»Ja, das stimmt«, gab Richard kleinlaut zu.

Einmal hatte er gedroht, er würde die Pagen, die ihm unterlegen waren, umbringen, wenn sie jemandem davon erzählten. Auch das Quälen von Tieren machte ihm bisweilen großen Spaß. Einmal hatte er eine herrenlose Katze zu Tode getreten. Wenn man ihn beleidigte, wurde er sofort handgreiflich. Sein aggressives Auftreten hatten andere zu verantworten, so dachte er. Natürlich war er längst zum Gesprächsthema der Burg geworden. Nicht zuletzt wegen seiner immer schlechteren Prüfungen. Aber Gewalt war sein einziger Weg, um sich Anerkennung zu schaffen.

Das brachte Richard mehrere Prügelstrafen ein, bis ihn der Freiherr schließlich aus dem Pagendienst entließ und ihn nach Hause schickte.

Die vielen zerrissenen Kleidungsstücke aus allen möglichen Rangeleien stellten für ihn noch das geringste Problem dar. Vielmehr machten ihm die vielen Stunden im Kerker zu schaffen, die er sich einhandelte und dass sich seine Kameraden allmählich von ihm abwendeten, betrübte ihn.

»Habt Ihr ein Weib, Ritter Richard von Calenstein?«, fragte von Schwalenberg.

»Nicht mehr.«

»Ist sie tot?«

»Nein.« Richard zögerte. »Sie hat mich verlassen.«

Gemurmel brach im Saal aus. Richard wusste genau, dass er durch diese Aussage als Schwächling dastand. Dessen Weib ihm nicht untertänig war. Richards Blick fiel auf Ado und Odulf, aber aus ihren starren Minen konnte er nichts lesen. Waren sie immer noch auf seiner Seite?

Während das Getuschel im Saal anschwoll, schweiften Richards Gedanken zu Mathilde. Die Ehe mir ihr hatten ihre und Richards Eltern beschlossen. Um deren Bündnis zu stärken. Er sollte die Tochter der befreundeten Familie heiraten. Da war Richard achtzehn, Mathilde fünfzehn Jahre alt. Sie hatten sich von Anfang an hervorragend verstanden. Doch bald nahm die Beziehung der Verlobten durch die

Trinkerei einen schlechten Verlauf, obwohl Richard Mathilde auf keinen Fall verlieren wollte und ihr immer Besserung versprach.

Als Mathilde dann im Streit mit ihren Eltern brach, die die Trinksucht des Verlobten ihrer Tochter nicht einfach hinnehmen wollten, nahm Richard sie hilfsbereit bei sich auf, ohne die Situation ausnutzen zu wollen. Das war jetzt fast drei Jahre her. Bei Gott!

Dann kam die Zeit, als es mit Richards Trinksucht immer schlimmer wurde. Mathilde entschied sich, für einen Zeitraum von drei Monaten den Kontakt zu Richard zu unterbrechen, bis er sein Leben wieder im Griff hätte. Sie würde ihm weiterhin treu bleiben, doch sie könne seine Launen nicht mehr ertragen. Richard akzeptierte das, befürchtete aber, dass sie sich für einen anderen interessierte. Bald merkte er jedoch, dass dies unbegründet war.

Mathilde kam Richard trotzdem nur noch selten besuchen. Sie bemühte sich um ein möglichst eigenständiges Leben und war entsetzt über das, was er führte.

Richard, der seiner Trinksucht nicht mehr Herr wurde, spürte, dass er sie verlor.

Der einzige Lichtblick in seinem Leben waren die ihm gebliebenen Kameraden.

Gemeinsam philosophierten sie über Gott und die Welt, stritten darüber, wie es um die Macht von Kaiser Rudolf stand oder welcher Gelehrte in welchen Fragestellungen recht behielt.

Dann näherte sich die Schwertleite. Richard sah, wie den anderen – im Gegensatz zu ihm – eine Zukunft bevorstand, und plötzlich packte ihn ein unglaublicher Ehrgeiz. Mindestens ein Viertel des Tages trainierte er, schob die Saufgelage in den Abend hinein. Die Routine des täglichen Unterrichts wurde zu einer wichtigen Stütze in seinem Leben.

Der Tag, an dem er seine Schwertleite erhielt, war der Tag, an dem er Mathilde endgültig verlor. Es war im Frühjahr des Jahres 1284, als er einundzwanzig Jahre alt geworden war und seine Prüfungen bestanden hatte, wenn auch nicht glanzvoll.

Auf dem Festbankett des Ritters von Ytzenburg schenkte man fässerweise Bier aus. Mathilde näherte sich ihm, vertraut lagen sich beide in den Armen, waren so glücklich wie lange nicht mehr. Mit seiner Disziplin hatte Richard nicht nur seine Kameraden, sondern vor allem seine Verlobte beeindruckt. Doch das Bier war ihm mehr wert, als sein persönliches Glück. Als es in den Fässern versiegte, ritt er mit seinen Freunden in die nahegelegene Stadt. Mathilde, die ihn beschwor, es nicht zu tun, stieß er angetrunken von sich.

Das sollte er sein Leben lang bereuen.

Richard schlief kaum noch, bekam Wahnvorstellungen. Er pflegte fast keine Freundschaften mehr, verfluchte alles und jeden, schimpfte über Gott und die Welt.

Zudem hatte ihm seine verstorbene Mutter einen Schuldenberg hinterlassen. Zu seinen eigenen Ausständen also noch weitere hinzugefügt. Das Einzige, was ihm blieb, waren seine beiden Söldner, die er allerdings kaum noch bezahlen konnte Den neunzehnjährigen äußerst begabten Armbrustschützen Ado hatte er als Knappen beim Ritter von Ytzenburg kennengelernt. Mit dessen Zustimmung warb Richard Ado für sich selbst ab, verfeinerte seine Schussfertigkeiten und brachte ihm sogar Lesen und Schreiben bei. Der zehn Jahre ältere Lanzenträger Odulf war bereits Söldner von Richards Mutter gewesen. Im Gegensatz zu den übrigen Söldnern der Baronin von Calenstein war Odulf der Ansicht, dass sich sein Treueschwur auch auf die Nachkommen übertrug, und stellte sich freiwillig in den Dienst von Richard. Der pflegte mit den beiden einen freundschaftlichen Umgang. Zwar brachten

Ado und Odulf ihm den gebührenden Respekt eines Ritters entgegen, doch Richard schätzte es, wenn sie ihm bisweilen auch ihre Meinung sagten.

»Sie hat sie also verlassen«, riss ihn die laute Stimme des Bischofs ihn in die Gegenwart zurück.

Richard nickte bestätigend. Es war wieder still im Saal geworden.

»Dann brauchen wir sie nicht als Zeugin vernehmen«, sagte Wilhelm.

Nachdem nun die Formalitäten beendet waren, las der Herzog den Anklagepunkt vor. »Ritter Richard von Calenstein, Ihr seid angeklagt, diesen Priester des Bischofs von Minden brutal niedergeschlagen zu haben.« Er deutete auf den übel zugerichteten Geistlichen, der Richard mit zusammengepressten Lippen fixierte. »Wollt Ihr Euch dazu äußern?«

»Hochgeboren, ich bereue zutiefst. Ich war in jener Nacht betrunken und nicht Herr meiner Sinne. Ich habe dem Übel der Trunksucht inzwischen abgeschworen.«

»Danach haben wir Euch nicht gefragt. Wir wollen wissen, was Ihr dem Priester konkret angetan habt!«, ereiferte sich Bischof von Schwalenberg erbost und wandte sich an Wilhelm. »Seht Ihr, auf welch niederträchtige Ausflüchte diese widerwärtigen Leute zurückgreifen? Auf hinterlistige Art und Weise wollen sie die Richter täuschen.« Mit gefurchter Stirn wandte er sich erneut an Richard. »Aus welchem Grund habt Ihr diesen Priester angegriffen?«

»Ich weiß es nicht mehr. Ich erinnere mich an vieles nicht mehr, was an jenem Abend geschah. Das Bier hatte meinen Geist vernebelt.«

»Und was hattet Ihr an jenem Abend in dieser Kirche zu suchen?«, fragte der Herzog.

»Es war bitterkalt in dieser Nacht. Ich und mein Söldner Ado suchten Schutz.«

Richard erinnerte sich mit Grauen an jenes Ereignis. Zu welcher Stunde es genau geschehen war, wusste er nicht mehr. Es war eine dieser durchzechten Nächte gewesen, in denen er sich mit Ado bei einem Kameraden betrunken hatte. Länger als zwei Tage konnte Richard es kaum noch ohne Bier oder Wein aushalten.

Und es waren neue Probleme dazugekommen. Es ging nicht mehr um einen dicken Schädel am frühen Morgen, einen Magen, der sich anfühlte, als ruhten schwere Steine darin oder um den

Gedächtnisverlust. Viel schwerer wog die Mühe, die er hatte, das nötige Geld dafür aufzubringen. Ständig bat er seine Kameraden um Unterstützung. Dann aber musste er sie bald darauf wieder und wieder um Zahlungsaufschub bitten. Ein Kreislauf, den seine wenigen Freunde bald nicht mehr unterstützen wollten. Zudem plagte ihn der Verfolgungswahn nun fast permanent. Hinterlist und Tücke schienen hinter jeder Ecke zu lauern. Drei seiner Kumpane waren in Gewahrsam genommen und zu einer harten Prügelstrafe verurteilt worden, nachdem sich diese betrunken unsittlich benommen hatten. In seiner Verstörtheit befürchtete Richard, Spitzel und Spione könnten es auch auf ihn abgesehen haben. So manchen Bekannten seiner Kameraden, der ihm fremd war, bezichtigte er bei diversen Saufgelagen der Schnüffelei, nannte ihn »Spitzelschwein«. Wenn er nach einer Zecherei nach Hause schwankte, fühlte sich Richard nicht sicher, vermutete hinter jeder Person, die ihm begegnete, einen Spitzel.

Richards versuchte, seine wirbelnden Gedanken zu ordnen und sich an die Frage des Bischofs zu erinnern. Der Abend. Die Kirche. Es war ein bitterkalter Abend gewesen, an dem er gemeinsam mit Ado aus der nahegelegenen Stadt auf die Burg zurückwankte. Als sie an der Kirche vorbeikamen, spürte Richard seine starren Glieder bereits kaum mehr, außerdem fiel es ihm zunehmend schwerer, sich zu orientieren.

Da er sich kaum noch fortbewegen konnte, stimmte Ado schließlich zu, sich eine Zeit lang in der Kirche aufzuwärmen. Außer ihnen befanden sich etwa fünf weitere Personen darin. Ein Gottesdienst war im Gange. Richard konnte sich daran erinnern, wie Ado ihn zur Rücksicht gemahnt hatte.

»Hochwohlgeboren, bitte reißt Euch zusammen!«, hatte Ado ihn mit gedämpfter Stimme getadelt. »Ihr macht nur die Leute auf uns aufmerksam!«

»Ist mir gleichgültig! Ich kann tun, was ich will!«

»Wegen Euch werden wir noch aus der Kirche geschmissen!«

»Sollen sie doch!«

In dem Moment fiel Richards Blick auf den Priester.

Mit seiner maßgeschneiderten Kutte, der Mitra und dem perfekten, kurz gestutzten blonden Haar strahlte er ein sehr selbstbewusstes Auftreten aus. Er mochte kaum älter als Richard sein und musste hohes Ansehen genießen, wenn er die

Predigt halten durfte. Jetzt, da er diesen jungen Priester ein so hohes Amt ausüben sah, erinnerte er sich daran, dass er sich nie eingestehen wollte, dass er Menschen mit Ehrgeiz und Begabung beneidete. Es waren jene Kerle, die alle Prüfungen bestmöglich bestanden. Die sich über ihre Zukunft keine Gedanken machen mussten.

Vielleicht war es einfach der Funken Neid, der das Fass in ihm zum Überlaufen brachte. Dem Priester stand womöglich eine steile Laufbahn bevor, über materielle Not musste er sich keine Sorgen machen.

Diese Überlegungen schossen Richard erst jetzt im Gerichtssaal durch den Kopf.

Er versuchte, die grässlichen Bilder seiner Tat zu verdrängen, doch dann rief von Schwalenberg den Priester auf.

»Ich bitte Euch, die Geschehnisse aus Eurer Sicht wiederzugeben«, bat der Bischof ihn.

»Hochgeboren, ich las an jenem Abend nichts ahnend in der Kirche aus der Heiligen Schrift. Mit einem Mal drangen diese Beiden in die Kirche. Mein Blick kreuzte sich mit dem des Angeklagten, für einen Augenblick sahen wir uns direkt in die Augen. Dieser Ritter fragte mich, warum ich zu ihm hinübersehen würde. Ich merkte ihm sofort an, dass er getrunken hatte. Ich wandte meinen Blick ab, in der Hoffnung, die beiden würden wieder verschwinden.

Daraufhin fragte mich der Angeklagte provozierend, ob ich etwa Eure Männer rufen wolle, um ihn in Gewahrsam nehmen zu lassen. Und er kam dabei näher.

Er erklärte mir daraufhin, dass mir sein Benehmen missfalle. Hochgeboren, der Mann störte meine Predigt mit üblem Geschwätz! Zudem war er sichtbar betrunken! Aber ich sagte dem Angeklagten, dass es mich nichts angehe, welchen Gelüsten er nachgehe wollte, wenn er dies nicht während meiner Predigt tun würde Und als ich die beiden dann aufforderte, die Kirche zu verlassen, schlug der Mann mir seine Faust ins Gesicht. An alles, was danach passierte, kann ich mich nicht erinnern.«

*

An den Faustschlag konnte sich Ado erinnern. Es hatte mit ihm begonnen. Und mit ein paar Fußtritten gegen den Körper des Priesters geendet, als der längst bewusstlos am Boden gelegen war.

Ado wusste noch, dass er mit aller Mühe versucht hatte, Richard vom Priester wegzuzerren, und dabei immer wieder rief:

»Hört auf, Hochwohlgeboren! Ihr bringt ihn um!«

Dabei war sein Blick zwischen seinem Herrn und dem Schwerverletzen hin und hergewandert, der regungslos in einer Blutlache gelegen hatte.

Mein Gott, er hat ihn getötet!, war ihm dabei durch den Kopf geschossen.

Nur zögerlich griffen die übrigen Anwesenden ein, hielten Richard zurück. Vielleicht befürchten sie, selbst zum Opfer zu werden. Ado reagiert am schnellsten, doch auch er konnte das Unheil nicht verhindern.

Eine grässliche Kopfwunde entstellte den auf dem Boden liegenden Priester, Blut verschmierte sein Gesicht.

Offensichtlich vom Geschrei angezogene Passanten betraten jetzt die Kirche und drängten sich ebenfalls um das Opfer. Schließlich kamen Männer, die Richard in Gewahrsam nahmen.

Schon damals hatte sich Ado gefragt, wie es zu der Tat kommen konnte. Hatte sein Herr sich doch nicht im Griff? Verheimlichte er ihm etwas? Der verzerrte

Gesichtsausdruck seines Herrn hatte Ado vermuten lassen, dass fremde Mächte ihre Hand im Spiel hatten. Sein Herr tat das alles nicht aus eigenen Stücken. Nicht wirklich.

Ado dachte bereits in jenem Moment an den Prozess, der auf seinen Herrn zukommen würde. Der Angeklagte auf der Bank. Seine beherzten Fürsprecher, der erbarmungslose Bischof, die mitleidslosen Zuschauer. Und der harte, aber gerechte Herzog, sein Richter. In Ados Augen wurde das zur Realität. Zur bitteren Realität.

»Der Bischof wird für das Schwert plädieren«, sagte er nervös zu Odulf. »Sie verurteilen ihn zu Tode.«

»Ruhig Blut!«, entgegnete Odulf. »Ich bin mir sicher, dass der Herzog Gnade zeigen wird. Sei nicht immer so vorschnell!«

Ado zitterte. Sein Herr hatte einen wehrlosen Menschen beinahe ermordet, er selbst hatte nicht schnell genug eingegriffen, und das ließ ihn sein Gewissen nun spüren.

Ado war der Erste gewesen, der seinen Herrn im Kerker besucht hatte. Als er ihm gegenübersaß, sagte er:

»Hochwohlgeboren, ich habe mit dem Trinken aufgehört. Ich habe gesehen, wohin der Genuss führen kann. Das ist für mich aus und vorbei.«

»Hast du es wirklich geschafft?«

»Ich habe es geschafft! Auch ich hätte mich am Priester vergreifen können, so betrunken wie ich war.«

Immer wenn Ado die Augen schloss, sah er den Priester in seiner Blutlache liegen. Sein Herr teilte ihm mit, dass er des Öfteren an einen Strick dachte. Daran, ob es nicht besser wäre, alles zu beenden. Falls Mathilde ihn im Kerker besuchen würde, wollte er sie um Vergebung bitten. Für alles, was er ihr angetan hatte. Ado wünschte sich, dass sie käme.

Jetzt, vor Gericht, dachte Ado daran, wie sie gemeinsam im Kerker überlegt hatten vorzugehen. Wie Richard sein Handeln erklären wollte. Er war von der Trunksucht übermannt worden.

Niemand konnte ihm einen Pakt mit dem Teufel vorwerfen, wenn er zu keiner Zeit die Absicht gehabt hatte, sich in die Hölle zu begeben. Sein Herr, so hatte Ado damals gedacht, war zum Spielball des Schicksals geworden.

Inzwischen hatte der Herzog vor Gericht alle Zeugen vernommen, doch ihre Aussagen waren an Ado ungehört vorbeigezogen. Seine Gedanken standen nicht still.

Warum hatte er es zugelassen, dass Richards Leben so aus den Fugen geraten konnte? Steckte in Richard wirklich solch ein bösartiges Wesen? Hatte er tatsächlich aus eigenem Willen all das Schlimme getan? Oder war er doch nur das Opfer von Umständen, die sich gegen ihn verschworen hatten? Nach all dem, was er anderen angetan, aber auch selbst durchgemacht hatte. Er hatte mit Sicherheit alles erlitten, nicht getan. Schließlich hatte an ihrer Knappenschule der Kreis ihrer Kameraden aus einer Handvoll Säufer bestanden. Einer Gruppe, in der oftmals ein ziemlich rauer Ton geherrscht hatte. In der die übelsten Schimpfwörter an der Tagesordnung gewesen waren, und in der auch nicht selten Gewalt ausgeübt worden war.

»Ihr seid ein netter Kerl, niemals von bösartiger Natur,« hatte Ado ihm gesagt. »Der nur daran arbeiten muss, seine Wutausbrüche unter Kontrolle zu bringen, bevor diese Konsequenzen nach sich ziehen. Der aber vor allem zu lernen hat, seine Sucht zu meistern! Das ist jedoch keine Sache, die mit dem Aufhören des Trinkens zu bewältigen ist – man muss auch mit ihr im Geist fertig werden. Fakt ist, dass Ihr nun mit den Folgen umgehen müsst!«

*

»Gesteht Ihr die Tat, die man Euch zur Last legt, Richard von Calenstein?«, hörte Richard den Herzog.

Er antwortete mit leiser Stimme: »Ja.«

»Lauter!«, schrie von Schwalenberg. »Wir können Euch nicht hören!«

»Ich leugne nichts! Ich habe gesündigt. Dafür büße ich. Ich bitte um Vergebung für diese Sünde.«

»Sofern es uns die Rechtsprechung ermöglicht, werden wir auf Euer Geständnis und Eure Reue Rücksicht nehmen«, sagte der Herzog. »Doch hier liegt keine Kleinigkeit vor. Richard von Calenstein, man wirft Euch vor, einen Diener Gottes brutal niedergeschlagen zu haben.«

»Ja, Herr. Ich schwöre ...«

»Ihr wollt einen Schwur leisten, um Eure Strafe milder zu stimmen?«, fragte der Bischof. »Das genügt nicht, um Eure Sünden zu tilgen! So schwört! Aber glaubt nicht, dass Euer Urteil dadurch gnädiger ausfallen wird!«

»Was soll ich stattdessen tun?«

»Es gibt nichts, was Ihr noch tun könnt, Richard von Calenstein! Ihr seid ein Verbrecher und werdet Eure gerechte Strafe erhalten.«

»Das Urteil lautet fünfzig Rutenhiebe am Pranger«, verkündete der Herzog. »Euer Lehen wird Euch entzogen, und Euer übriger Besitz der Kirche vermacht!«

Diese Worte trafen Richard wie ein Donnerschlag. Nicht die Rutenhiebe jagten ihm einen Schrecken ein. Der Einzug seines Lehens und Besitzes versagte ihm jede ökonomische Grundlage. Er wusste zudem, dass eine Ehrenstrafe wie der Pranger darauf abzielte, ihn in der Öffentlichkeit als Straftäter bekannt zu machen. Das war verbunden mit dem Verlust der gesellschaftlichen Ehre und führte zu seiner Rechtlosigkeit.

»Hochgeboren, die Rutenhiebe sind gerecht«, erwiderte er. »Ich möchte meine Sünden büßen und durch ritterliche Taten wiedergutmachen. Doch wenn Ihr mein Lehen einzieht, kann ich meine Felder nicht mehr bestellen. Falls Ihr mich darüber hinaus an den Pranger liefert, ende ich für alle Zeit als Geächteter und werde nirgendwo mehr mein Brot verdienen können. So bitte ich Euch: Erspart mir wenigstens den Pranger!«

»Hochgeboren, wenn er seine Sünden wiedergutmachen will, könnte er Euch nützlich sein«, mischte sich einer der Vögte ein. »Euer Bote berichtete unlängst von verschwundenen Kindern in dieser Stadt namens … Der Name ist mir gerade entfallen. Wenn der Angeklagte eine Bewährungsprobe wünscht, bei der er sich als Ritter zeigen kann …«

»Ihr wollt ihm doch nicht etwa eine Chance geben!«, schrie der Bischof. »Das könnt Ihr nicht tun, er hat es nicht verdient, sich ritterlich zu zeigen!«

»Das Urteil ist gesprochen!«, wimmelte Wilhelm den Vogt ab.

»Ich nehme das Urteil an«, sagte Richard. »Aber ich mache mich nach dessen Vollstreckung aus freiem Willen auf die Suche nach den genannten Kindern. Vielleicht kann ich auf diese Weise meine Sünden wiedergutmachen und meine Ehre wiederherstellen. Ich bitte Euch, mich der Probe zu unterziehen. Oder ich sterbe für Euch auf dem Schlachtfeld …«

»Kein Schlachtfeld«, unterbrach ihn der Herzog und schien einen Moment nachzudenken. »Nun gut. So hört, es geschah wie folgt: Unlängst kam uns zu Ohren, dass es in der Stadt Hameln zu einem mysteriösen Vorfall gekommen sei. Wart Ihr schon einmal dort?«

Richard war in vielen Teilen des Herzogtums umhergezogen, doch er konnte sich nicht an den Namen dieser Stadt erinnern. »Möglicherweise. Was ist dort geschehen?«

»Es heißt, alle hundertdreißig Kinder der Stadt seien verschwunden. Ein Flötenspieler habe sie aus der Stadt gelockt und verschleppt.«

»Ein Flötenspieler?«

»Ganz recht.«

»Und mein Befehl ist es, die Kinder wiederzufinden?«

»Nach der Vollstreckung des Urteils, wie Ihr selbst sagtet. Findet danach die Kinder und bringt sie zu ihren Eltern zurück. Nehmt den Flötenspieler gefangen und bringt ihn zu uns, damit wir über ihn richten können. Werdet Ihr das tun?«

»So wahr mir Gott helfe.«

Im Geist gestärkt, sah Richard in die Ränge der Zuschauer hinauf und suchte den Blick von Odulf und Ado. »Wie geht es euch? Wollt ihr auch weiterhin an meiner Seite stehen?«, rief er.

»Hochwohlgeboren befiehlt, und ich gehorche«, erwiderte Ado laut.

»Hochwohlgeboren, ich folge Euch, wohin es geht«, schloss sich Odulf an.

»Dann ist es entschieden,« sagte Richard. »Wir brechen nach Hameln auf und machen uns auf die Suche nach den Kindern und dem Flötenspieler.« Er wandte sich noch einmal an den Herzog. »Hochgeboren, falls es uns gelingen sollte, die Kinder wiederzufinden und den Flötenspieler gefangen zu nehmen, gebt Ihr mir dann mein Lehen zurück?«

»Geht, und sucht nach den Kindern!«, erwiderte der Herzog. »Vielleicht überlege ich es mir dann anders!«

Richard schluckte. Der Regent war für seine leeren Zusagen bekannt.

Wilhelm gab den Wachen ein Zeichen. »Abführen!«

2. Kapitel

Tagelang spürte Richard jeden einzelnen Rutenhieb auf seinem Rücken. Aber das war Nebensache. Viel schlimmer wog der Verlust seiner Ehre. Er erinnerte sich, wie die Menschen am Pranger »Schläger!« gerufen und ihn mit faulen Eiern beworfen hatten. Er würde als geächteter Bettler in der Gasse sterben, wenn ihm jetzt nicht noch eine Heldentat aus der Situation half.

Richard wusste nicht, was ihn und seine beiden Knappen in Hameln erwartete. Da sich der mysteriöse Vorfall bereits vor einer Woche zugetragen hatte, war der Flötenspieler vermutlich über alle Berge. Aber wie und vor allem wohin sollten hundertdreißig Kinder verschwinden? Es mussten sich Anzeichen für ihren Verbleib finden lassen. Und wenn er ihnen nicht auf die Spur kam ... Er wollte nicht daran denken.

Für den Weg nach Hameln würden sie zwei Tage brauchen. Die Strecke führte durch tiefe Wälder, nicht selten durch menschenleeres, einsames Gebiet. Das Land der Räuberbanden.

Richard führte sein Schwert mit sich, Odulf eine Lanze, Ado eine Armbrust.

In ihren Taschen am Gürtel befand sich die Verpflegung samt Geschirr: Schalen und Becher aus Holz. Das Essen nahmen sie meist mit den Fingern zu sich. Je ein Dolch diente ihnen sowohl als Waffe als auch als Schneidwerkzeug. Am Gürtel befestigten sie außerdem die Trinkflaschen.

Richard und Odulf trugen ihre Schilde auf dem Rücken, Ado dort seine Armbrust und ein schweres, großes Leinentuch, das sie bei Nacht vor Regen schützen sollte. Felle, am Oberkörper angebracht, dienten ihnen dann als Decken. Wenn die Gefahr eines Überfalls von Räuberbanden drohte, würden sie Kettenhemden über ihre Gambesons legen. Ansonsten ließen sie ihre Rösser den schweren Körperschutz tragen.

Ado führte als zusätzliche Bewaffnung und Arbeitsgerät eine Axt am Gürtel mit sich, mit der sie Feuerholz schlugen. Alle drei besaßen einen Feuerstein, waren geübt in dessen Handhabung.

Kupfer und Silbermünzen führten sie in kleinen Lederbeuteln mit sich.

Schon bei ihrem Aufbruch hatten graue Wolken den Himmel bedeckt. Odulf sah dies als schlechtes Vorzeichen an. Und das

Wetter sollte die gesamte Reise über so bleiben.

Ihr Weg führte sie nach Westen.

Die weiten Felder mit Rinder- und Schweineherden jenseits des Weges gingen bald in riesige Wälder über. Es wurde spürbar kälter. Dauerhafter Regen setzte ein. Als ob sich der Herbst einstellte.

Richard, Odulf und Ado rechneten mit Überfällen, doch die blieben zu ihrem Glück bis jetzt aus.

Am späten Nachmittag des zweiten Tages aber kam ihr Ziel endlich in Sicht. Von einer Anhöhe konnten sie die mächtige Stadtmauer und den Rauch erkennen, der aus den Schornsteinen der Häuser emporstieg. Feiner Nebel umschlang die Stadt, nicht dicht genug, um sie vollständig einzuhüllen. Die Bäume vor dem Wall standen wie verkrüppelte Gestalten da, Dämonen ähnlich, die einsam in der Ebene auf sie warteten.

Auf ihrem Weg zum Stadttor kamen sie an einem Friedhof vorbei, auf dem man erst vor Kurzem mehrere Menschen beigesetzt hatte. Aufgehäufte Gräber, in feuchten Dunst gehüllte Grabsteine.

Der Wächter am Tor des Stadtwalls ließ sie wortlos passieren.

An den Fachwerkhäusern vorbei zogen sie in Richtung des Zentrums, wo sich das Rathaus befand. Wie in jeder größeren Stadt stank es nach Fäkalien und Abfällen, die das Stroh notdürftig auffing. Doch etwas war hier anders. Nirgends reges Treiben auf den Straßen. Keine Händler, die ihre Waren anpriesen. Keine Huren, die ihre Dienste anboten, keine Bettler, die um eine milde Gabe baten. Kein Gemurmel in den Gassen, kein Hämmern aus den Werkstätten, kein Wiehern von Pferden. Hameln war wie ausgestorben. Für die Tageszeit war das ungewöhnlich früh. Die Stadt schien verflucht. Ado meinte, er spüre, dass an diesem Ort etwas Böses passiert sei.

Eine Frau kreuzte ihren Weg, blickte sie nicht an, verschwand wieder. Ob ihre Gleichgültigkeit von einer Mischung aus Trauer über den Verlust der Kinder und dem verstärkten Misstrauen gegenüber Fremden herrührte?

Sie kamen am Marktplatz vorbei. Dort hatte man einen Scheiterhaufen errichtet.

Neben der Kirche lag das Rathaus. Die Kellerfenster waren vergittert. Ein Zeichen dafür, dass man dort die Gefangenen unterbrachte.

Vor der Pforte hielt sie ein Wächter auf. Richard erklärte ihm, dass Herzog Wilhelm sie schicke, um ein Verbrechen in Hameln aufzuklären.

»Einen Moment«, sagte der Wachposten und runzelte dabei argwöhnisch die Stirn. Anschließend verschwand er im Gebäude und kam erst nach einiger Zeit wieder. »Der Herr Bürgermeister und die Ratsherren sind gerade in einer Versammlung, doch sie erwarten Euch.«

Man nahm Richard, Odulf und Ado die Zügel der Rösser ab und brachte die Tiere in einen Stall. Der Wächter führte die Gäste in ein Quartier im Gebäude, wo sie ihr Gepäck, ihre Kettenhemden, Schilde und Waffen ablegten. Dann folgten sie ihm in den ersten Stock. Dort brachte der Wachposten sie in einen Saal, aus dem ihnen stickige Luft entgegenwehte, als sie eintraten. Sechs gut gekleidete Herren sahen sie erwartungsvoll an.

Einer von ihnen, ein großer kräftiger Mann, der durch besonders edle Gewänder auffiel, sprach sie als Erstes an.

»Kommt herein! Ich bin Heinrich Gruelhot, der Bürgermeister von Hameln. Man sagte uns, ihr seid bereit, euch in den Dienst meiner Stadt zu stellen? Erklärt euch!«

»Mein Name ist Richard von Calenstein«, begann Richard. »Das sind meine Söldner Odulf und Ado. Herzog Wilhelm persönlich hat uns hierher gesandt.«

»Dann heißen wir Euch willkommen. In der Tat ist ein schreckliches Unglück geschehen, berichtet, was Ihr darüber wisst.«

»Man sagte uns, die Kinder von Hameln seien verschwunden. Allesamt. Knaben und Mägdlein vom vierten Jahr an. Darunter auch Eure Tochter, wie ich hörte. Es hieß, sie seien von einem Flötenspieler entführt worden. Gibt es eine Vermutung, wohin er sie gebracht haben könnte?«

»Hat man es Euch denn nicht berichtet?«, fragte einer der Männer zu Gruelhots Rechten. Er war eher von kleiner, dürrer Gestalt.

»Was meint Ihr? Verzeiht, ich …«

»Ich werde es ihm berichten«, sagte Gruelhot zu den Männern. Einige schienen Einwände zu haben. Doch der Bürgermeister gab ihnen zu verstehen, dass es in Ordnung sei. »Bei diesem Flötenspieler handelt es sich um einen Dämon. Die Gier nach Seelen treibt ihn umher. Er zieht von Stadt zu Stadt und befreit die Leute von ihrem Ungemach, um danach von ihren Seelen Besitz zu ergreifen. Er ist ein Gestaltenwandler. Mal ermächtigt er sich des Leibes eines Gauklers in bunten vielfarbigen Gewändern, um die Menschen zu täuschen, mal ergreift er Besitz vom Körper eines Jägers, der dann nicht dem Wild, sondern Menschen auflauert. In unserem Fall war es wohl ein verstoßener Flötenspieler, dessen Frust sich der Dämon zunutze machte. Er erreichte Anfang Juni unsere Stadt. Da uns zu dieser Zeit eine große Rattenplage heimsuchte, nahmen wir sein Angebot an, uns von ihr zu befreien. Nichtsahnend, um wen es sich bei ihm handelte. Der Flötenspieler zog mit den Ratten in die Weser, wo sie ertranken. Uns fiel ein Stein vom Herzen, da er uns mit einem Mal aller unserer Sorgen entledigt hatte. Doch er verlangte daraufhin für seine Tat eine Summe, die wir in dieser Höhe auf keinen Fall aufbringen konnten. Mehr als ausgemacht. Erbost verließ er die Stadt. Wir dachten, wir sähen ihn nie mehr. Aber einige Tage später, als wir alle gemeinsam den Johannis- und Paulitag in der Kirche verbrachten, kehrte der Rattenfänger zurück. Er stimmte erneut das Lied auf seiner Flöte an, mit dem er die Ratten ins Wasser getrieben hatte. Diesmal jedoch lockte er unsere Kinder an, die draußen unbeaufsichtigt Verstecken spielten. Als die Messe zu Ende war, konnten ihre Familien sie nicht mehr finden. Zuerst konnte sich in der Stadt niemand erklären, warum die Kinder auf einmal verschwanden. Dann aber kam dieses Kindermädchen und brachte das Gerücht auf, der Rattenfänger sei mit den Kindern aus Hameln gezogen. Zunächst hat ihr keiner geglaubt, aber dann liefen die Leute aus der Stadt und suchten ihre Kinder. Wir schickten Kundschafter aus, die herausfinden sollten, ob man sie irgendwo gesehen hatte. Aber die Kinder tauchten nie mehr auf. Das war ein Schicksalsschlag, von dem sich Hameln nie erholen wird.« Die anderen am Tisch nickten zustimmend, manche murmelten die Worte des Herrn.

»Manche sagen, der Pfeiffer band die Seelen der Kinder für immer an den Poppenberg, auch Iht genannt, der etwa eineinhalb Meilen vor Hameln liegt«, fuhr der Bürgermeister fort. »Er habe die Kinder zu einem religiösen Ritus entführt. Zu einer Kultstätte, die die Einheimischen *Teufels Küche* getauft hatten. Dort sollen die Heiden früher grausame Rituale abgehalten haben. Hat er die Kinder geopfert?« Der Bürgermeister senkte, kurz von seinen Gefühlen überwältigt, den Blick und holte, als er wieder aufsah, tief Luft. »Ich möchte nicht wissen, welche furchtbaren Qualen sie ertragen mussten. Es gibt Leute, die behaupten, er habe sie aneinandergefesselt. Damit sie nicht fliehen, sich nicht wehren konnten. Dass er ihnen magische Zeichen auftrug und ihnen die Eingeweide herausschnitt. Aber was dort wirklich geschah, bleibt wohl für immer unbekannt. Die östlichen Wälder sind seither verflucht. Niemand wagt sich mehr dorthin … Der Rattenfänger ist auf einem Rachefeldzug, und lässt die Bewohner der Stadt nach und nach verschwinden. Er verhext jeden, der in seine Nähe kommt. Die Hälfte unserer Bürger ist bereits geflohen, und sie haben sich geschworen, den Namen unserer Stadt nie wieder auszusprechen.«

Er senkte den Kopf, schien nachzudenken. »Manche behaupten, nur der Tausch gegen die Seele eines tapferen Mannes, der es wagt, es mit dem Rattenfänger aufzunehmen, könne die Kinder von ihrem Fluch befreien, wenn sie nicht doch schon längst tot seien. Erst dann kehrt der Rattenfänger in die Hölle zurück, aus der er emporgestiegen ist.«

Richard wusste nicht, was er darauf sagen sollte. Er hatte in seinem noch jungen Leben schon viele abergläubische Menschen kennengelernt. Aber diese unglaubwürdige Geschichte übertraf alles. Dass Flötenmusik Ratten oder sogar Menschen verführen konnte …? Hatte denn nur das Kindermädchen die Musik gehört? Er hatte einmal einem Hexenprozess des Ritters von

Ytzenburg beigewohnt und bereits damals den Aberglauben der Kläger insgeheim in Frage gestellt. Zumindest wusste er, was Gruelhot mit dem Poppenberg meinte. Sie waren auf ihrem Weg unweit von Hameln an der Nordseite eines Berges vorgekommen. Weit und breit gab es keine anderen Berge, also musste es der gewesen sein.

»Man sagte uns, dass man einen Suchtrupp losgeschickt hätte«, sagte Ado schließlich. »Und dass dieser erfolglos zurückkehrte und ...«

»Er kehrte nicht erfolglos zurück, er kehrte gar nicht zurück«, unterbrach ihn einer der Ratsherren.

»Das heißt, die ... Männer wurden ermordet?«, fragte Odulf.

»Verhext«, antwortete ein anderer. »Vom Jäger mit seiner Flöte. In Geister verwandelt.«

»Und deswegen hat die Stadt nun zu wenig Wachen«, sagte Gruelhot. »Jederzeit könnte dieser Flötenspieler zurückkehren.«

»Meine Herren, kommen wir bitte auf die weltlichen Dinge zurück«, bat Richard, dessen Geduld auf eine harte Probe gestellt wurde. »Ich glaube nicht an Geister und Dämonen.«

»Wir haben es gesehen«, sagte jemand. »Mit unseren eigenen Augen.«

»Wenn Ihr es nicht glaubt, lest in der Bibel«, sagte der Mann zur Linken des Bürgermeisters, der wie ein Priester gekleidet war. »Dort steht ...«

»An meinem Glauben wird sich niemals etwas ändern«, sagte Richard entschlossen. »Aber dieser Pfeiffer ist sterblich wie wir alle. Meine Männer und ich werden ihn gefangen nehmen und vor ein Gericht bringen. Um die Kinder aus dieser Stadt zu entführen, ist keine Hexenkunst notwendig, sondern Geschick und List. Ihr habt von den östlichen Wäldern und dem Poppenberg gesprochen. Ihr glaubt also, dass sich der Rattenfänger immer noch in dieser Gegend herumtreibt?«

»Viele Leute sagen, dass sie dort Begegnungen mit dem Pfeiffer gehabt hätten. Dass es bis heute dort nicht geheuer sei«, antwortete Gruelhot.

»Woher wisst Ihr, dass der Rattenfänger mit den Kindern in dem Berg verschwand, wenn von dort niemand zurückkehrte?«

Der Bürgermeister zögerte. »Das stimmt nicht ganz. Auf dem Weg auf den Poppenberg schaffte es ein zwölfjähriges Mädchen, in einem vom Pfeiffer unbeachteten Augenblick zu fliehen und sich zu verstecken. Als es hinter einem Baum hervorspähte, um zu sehen, wohin der Pfeiffer die Kinder brachte, wurde ihr plötzlich schwarz vor Augen, und sie war mit einem Schlag blind. Irgendwie schaffte sie es dennoch, aus dem Wald herauszufinden. Als sie in die Stadt zurückkehrte, stellten wir ihr natürlich unzählige Fragen. Sie wollte sich daran erinnert haben, dass ihr in der Stadt ein Mann in Gestalt eines Jägers erschienen sei, der dem Rattenfänger glich. Aber der Mann sei ihr nicht lebendig vorgekommen, sondern wie ein Geist. Niemand glaubte dem Mädchen zuerst. Alle hielten es für verrückt. Ein zweites Mädchen von sechs Jahren tauchte kurze Zeit danach ebenfalls wieder in der Stadt auf. Dieses Mädchen muss eigentlich gesehen haben, wohin der Rattenfänger mit den Kindern zog. Doch als es davon berichten wolle, konnte es nicht mehr sprechen. Es war stumm geworden. Als ob der Pfeiffer beide Mädchen mit einem Fluch belegt hätte. Es zog ein Suchtrupp mit dem stummen Mädchen in die Wälder, um sich den genauen Ort zeigen zu lassen, an dem es vor dem Rattenfänger Reißaus genommen hatte. Wir fürchteten, Kunde von den toten Kindern zu erhalten, doch der Trupp fand keine Spur von ihnen. Stattdessen versuchte das stumme Mädchen, unseren Männern durch Gestikulieren etwas mitzuteilen. Da aber niemand verstand, was sie mitteilen wollte, schwärmten die Männer aus und durchkämmten die nähere Umgebung. Unser Priester brachte in der Zwischenzeit das Mädchen in die Stadt zurück. Als der Suchtrupp nicht zurückkehrte, schwärmte ein Zweiter aus, der aber erfolglos heimkehrte.« Der Bürgermeister machte eine Pause, sichtlich angestrengt von seiner Erzählung.

»Und diese beiden Kinder«, fuhr er nach einem Moment fort, »verhalten sich seit ihrer Rückkehr auch äußerst merkwürdig. Als die Stumme vor drei Tagen vom Marktplatz nach Hause kam, schloss sie sich in einer Kammer ein, um sich zu reinigen. Ihre Eltern hielten das zunächst nicht für ungewöhnlich. Bis ihre Tochter eben nicht mehr aus dem Zimmer herauskam. Sie klopften mehrmals an die Tür, fragten, ob mit ihr alles in Ordnung sei, aber sie antwortete nicht. Schließlich brach der Vater aus Sorge die Tür auf. Das Mädchen stand an die Wand gepresst und reagierte überhaupt nicht darauf, als ihre Eltern sie ansprachen. Erst nachdem sie sie mehrmals schüttelten, kam es zu sich.«

Richard runzelte die Stirn. »Und das blinde Mädchen? Ihr spracht davon, dass es sich auch seit dem Tag seltsam benehme.«

Der Bürgermeister nickte. »Sie spricht kaum noch. Und wenn, dann nur noch wirre und unverständliche Sätze. Sie wurde zunehmend aggressiver. Und trotz ihrer Blendung nahm sie schließlich ein Beil und ging damit durch die Stadt, um jeden, dem sie über den Weg lief, damit zu erschlagen. Uns blieb nichts anderes übrig, als sie in den Kerker zu sperren.« Der Bürgermeister schüttelte den Kopf, wie um den Gedanken an ein eingesperrtes junges Ding zu verscheuchen. »Das Merkwürdige an der ganzen Sache ist«, fuhr er dann fort, »dass die beiden Mädchen einfach so, von einem Tag auf den anderen, nicht nur Augen und Stimme, sondern auch den Verstand verloren. Das kann nur durch einen Pakt mit dem Teufel geschehen sein.«

Obwohl er nicht an derartige Geschichten glaubte, wurde Richard jetzt ein wenig mulmig zumute. Die Erzählung hörte sich verblüffend wahrheitsgetreu an.

»Dem blinden Mädchen werde ich zahlreiche Fragen stellen müssen«, stellte er fest.

»Das ist leider unmöglich. Das Stadtgericht hat die beiden Kinder wegen Buhlschaft mit dem Schwarzen angeklagt und zum Tode durch den Scheiterhaufen verurteilt.«

Richard riss die Augen auf. »Ihr wollt zwei derart junge Mädchen dem Scheiterhaufen übergeben?«

Der Bürgermeister zwang sich zu einer festen Stimme. »Buhlschaft ist Buhlschaft. Daran ändert das Alter nichts.«

»Sind sie gefoltert worden?«

»Ja.«

»Führt uns bitte zu ihnen. Ich muss Euch daran erinnern, dass wir eine Gesandtschaft des Herzogs ...«

»Habt Ihr den Scheiterhaufen auf dem Marktplatz gesehen?«, fiel ihm der Bürgermeister ins Wort. »Ihr kommt zu spät. Er ist für das blinde Mädchen bestimmt. In diesem Moment wird sie den Flammen übergeben. Das stumme wird das gleiche Schicksal erleiden, sobald es das zehnte Lebensjahr erreicht hat.«

Richard glaubte, sich verhört zu haben. Ohne ein Wort des Abschieds eilte er mit seinen Söldnern aus dem Saal und rannte hinaus auf den Marktplatz.

Diese Wahnsinnigen übergaben ein junges Mädchen, die wichtigste Zeugin, dem Feuer! Er musste es retten, wie auch immer.

Draußen dämmerte es bereits. Vor dem Rathaus hatte sich eine Menschenmenge gebildet. Die Bekämpfung des vermeintlich Bösen schien den Leuten neuen Mut zu geben, auf die Straßen zurückzukehren. Den Scheiterhaufen hatte man bereits entzündet.

In den lodernden Flammen konnte Richard eine schlanke Gestalt erkennen. Die Menschen schrien: »Hexe!«

Mit langen Schritten stürmte er mit Ado und Odulf auf die johlende Menge zu, sie stießen wie ein Keil in die Zuschauer und hatten sich gerade bis ganz nach vorne gedrängt, als drei Stadtwächter sie ergriffen. Richard wehrte sich nach Leibeskräften. »Nein, ihr dürft sie nicht …!« Er blickte zu der Gestalt in den Flammen hinauf. Was er dort sah, verschlug ihm die Sprache. Das Mädchen zeigte nicht das geringste Anzeichen von Furcht. Stattdessen richtete sie ihren Blick auf Richard. Pechschwarze Augen, scheinbar ohne Pupillen, fixierten ihn. Das waren nicht die Augen einer Blinden. Richard hatte schon oft Bettler, die ihre Sehkraft verloren hatten, am Straßenrand sitzen sehen. Nein. Diese Augen waren anders.

Panik überkam Richard. War dieses Kind tatsächlich vom Teufel besessen? Oder täuschte ihn das Licht der Flammen?

Plötzlich stieß die verblassende Gestalt im Feuermeer einen tiefen Schrei aus. Kein

Schrei eines Menschen. Sondern der eines Dämons. Als stünde der Teufel persönlich dort oben.

Benommen trat Richard den Rückzug an. Auch seine Männer lösten sich von den Wächtern, bahnten sich ihren Weg zurück. Richard taumelte rückwärts durch die Menge. Er stolperte mehrmals, arbeitete sich weiter, bis er endlich das Ende der Menschenmenge erreichte. Er keuchte. Warum bekamen es die Leute um ihn herum nicht mit der Angst zu tun? Hatten sie vielleicht etwas anderes als er gesehen? Er drehte sich um. Das Mädchen war in den Flammen nicht mehr zu sehen. War das alles seiner Einbildung entsprungen, so wie früher, wenn er wieder einmal zu viel Bier oder Wein zu sich genommen hatte? Aber er war nicht betrunken. Ganz und gar nicht. Dennoch hatte er keine andere Erklärung für den Vorfall.

Der Scheiterhaufen brannte lichterloh. Gott sei ihrer Seele gnädig!

Ado und Odulf traten an ihn heran. »Was ist los?«, fragte Odulf.

Statt einer Antwort spuckte Richard auf den Boden. So wie er es früher in seiner Trunkenheit getan hatte. Dann machten die drei sich davon.

Auf dem Weg in das Rathaus drehte Richard sich noch einmal um. Die Stadt lag da wie schlafend. Keine Anzeichen von einem Dämon.

3. Kapitel

Spät wachte Richard, ohne genau zu wissen, wo er gerade war, am Freitagmorgen auf. Schlechte Träume hatten ihm übel mitgespielt.

Doch was er in seinen Haaren entdeckte, ließ ihn schlagartig wach werden. Eine Tannennadel, die sich irgendwie dort hinein verirrt hatte. Wie kam sie dorthin? Er hatte sich am Vorabend gründlich gewaschen. Die lange Reise, der Ruß und Gestank nach Rauch, der an ihm zu kleben schien – er hatte es nicht ertragen können. Im nächsten Moment bemerkte er außerdem, dass seine Stiefel voll Matsch waren. Wo um alles in der Welt hatte er sich noch herumgetrieben? In seinen Erinnerungen schienen sich Lücken breit zu machen.

Erinnern konnte er sich daran, dass sie gemeinsam dem Bürgermeister und seinen Ratsherren verständlich machen wollten, dass die Verbrennung nicht nur unmenschlich, sondern auch fahrlässig gewesen sei. Eine wichtige Zeugin war tot, die Chancen, die Kinder lebend zu finden, verringerten sich. Doch die Männer hatten bereits das Rathaus verlassen, wahrscheinlich hatten sie dem Feuerspektakel von anderer Stelle aus zugesehen. So war Richard und seinen Freunden nichts anderes übriggeblieben, als ihr Nachtlager aufzusuchen.

Richard sah sich im Zimmer um. Odulf war bereits auf den Beinen gewesen und kehrte in diesem Moment in die Kammer zurück. Ado saß angezogen auf dem Bettrand.

»Habt ihr eine Ahnung, wo dieser Matsch an meinen Schuhen herkommt?«, fragte Richard. »Ich kann mich nicht daran erinnern, dass ich gestern Abend noch einmal irgendwo im Morast unterwegs gewesen wäre.«

»Keine Ahnung«, antwortete Ado. »Ich hab geschlafen wie ein Stein.«

»Ich ebenso«, sagte Odulf.

Da diese Frage sich momentan nicht klären ließ, wollte Richard nicht weiter darüber nachdenken. Aber das weitere Vorgehen lag jetzt klar vor ihm. Sie mussten sämtliche übriggebliebene Zeugen befragen und sich Zugang zu dem stummen Mädchen verschaffen. Am darauffolgenden Tag würden sie dann in die östlichen Wälder zum Poppenberg aufbrechen, um dort die Suche nach den Kindern zu beginnen.

Ado hatte Einwände. »Hochwohlgeboren, selbst wenn es uns gelingt, zu dem stummen Mädchen vorzudringen, wie wollen wir ihm reden?«

»Das werden wir sehen, wenn wir dort sind. Ich denke, nur dieses Mädchen kann uns wirklich weiterhelfen.«

»Hochwohlgeboren, wir werden aber nicht zu ihr vorgelassen«, sagte Odulf. »Glaubt Ihr, man wird uns den Zugang so einfach gewähren? Es ist ohnehin die Frage, ob das Mädchen bei klarem Verstand ist.«

»Wenn wir es gar nicht erst probieren, wird daraus auch nichts! Habt ihr denn eine bessere Idee?«

»Beruhigt Euch, Hochwohlgeboren!«, sagte Ado. »Es ist kein Problem. Ihr könnt beim Bürgermeister nochmals vorsprechen.«

»Das werde ich auch! Ich bin nur etwas enttäuscht, dass ich bei euch auf so wenig Unterstützung stoße!«

»Hochwohlgeboren, die Geschichte an sich klingt durchaus wegweisend«, räumte Odulf ein. »Aber wir sollten erst die anderen Zeugen vernehmen.«

Richard war erbost, dass sein Vorhaben auf derart geringe Begeisterung stieß. Er nahm sich vor, das stumme Mädchen später allein zu befragen, und schickte Ado auf die

Suche nach dem Kindermädchen, das gesehen haben wollte, wie die Kinder fortzogen. Odulf sollte die Eltern des blinden Mädchens befragen.

Den ganzen Tag liefen die drei durch Hameln. Sie befragten die Bürger nach ihren Erlebnissen mit dem mysteriösen Flötenspieler. Die ersten Zeugen, die Richard besuchte, waren die Eltern des stummen Mädchens. Das Haus des reichen Kaufmanns, das man ihm beschrieben hatte, lag in einer langen Seitengasse.

Richard klopfte an die Pforte des vornehmen Fachwerkhauses.

»Herein!«, ertönte von drinnen eine Männerstimme.

Als Richard über die Schwelle trat, landete er in einem großen Lagerraum.

»Gott zum Grüße! Was kann ich für Euch tun?« fragte ein Mann, der gerade damit beschäftigt war, Fässer zu verstauen.

»Ich bin Ritter Richard von Calenstein. Ich bin nach Hameln gesandt worden, um ein Verbrechen im Zusammenhang mit dem Verschwinden der Kinder dieser Stadt aufzudecken. Seid Ihr der Vater des Mädchens, das man inhaftiert hat?«

»Hmm … ja, das bin ich«, bestätigte der Mann. »Was wollt Ihr?«

Richard schilderte ihm, was er gehört hatte und dass er versuchen wolle, das Kind freizubekommen, und fragte ihn, ob er ihm irgendwelche Hinweise zu dem Vorfall geben könne.

»Ich kann Euch nicht weiterhelfen. Dass die beiden Kinder, eines blind, und meine Sigrun stumm zurückkamen, ist für mich das Werk des Teufels. Damit sie nicht zeigen, nicht verraten können, wohin der Rattenfänger die anderen gebracht hatte. Ich glaube, dass der Rattenfänger noch sein Unwesen in dieser Gegend treibt. In die Wälder würde ich jetzt nicht gehen. So leid mir das tut, so sehr es mir das Herz bricht. Die Seele meiner Tochter und die des anderen Mädchens sind verloren. Aber ich kann Euch eine Karte aus dem Gedächtnis zeichnen, die einige Pfade der östlichen Wälder abbildet, wenn Ihr das wollt ... Nur wenn ich Euch einen Rat geben darf: Geht nicht dorthin.«

Richard ließ sich die Zeichnung anfertigen, stellte weitere Fragen. Aber über den Rattenfänger an sich wusste der Mann nichts.

Enttäuscht kehrte Richard zum Treffpunkt zurück, nur um festzustellen, dass auch seine Kameraden nicht mehr Glück gehabt hatten. Kaum jemand wollte den

Rattenfänger mit eigenen Augen gesehen haben.

Richard gab die Hoffnung nicht auf.

*

Ado, der in seinem Tun nicht den geringsten Sinn sah, bemühte sich, seine schlechte Laune zu verbergen, und suchte das Kindermädchen auf, das die Kunde vom Auszug der Kinder in die Stadt gebracht hatte. Er fand es durch Hörensagen betend zwischen den Bänken in der Kirche der Stadt.

»Sei gegrüßt! Stört es dich, wenn ich mich einen Augenblick zu dir setze? Bist du das Kindermädchen, das die Kinder aus der Stadt ziehen sah?«

»Ja das bin ich. Setz dich ruhig zu mir.«

Ado nahm neben ihr Platz. »Was genau ist an jenem Tag geschehen? Willst du es mir erzählen?«

»Gehörst du zu den Männern, die unsere Kinder zurückbringen wollen? Die ganze Stadt spricht schon davon.«

Ado nickte.

»Nun gut. Ich verspreche mir nichts vor eurem Vorhaben, aber ich will dir gerne berichten, was sich zugetragen hat.

Ich kehrte von einer Burg zurück, wo ich die Nacht zuvor die Kinder der Herren behütet hatte. Von Weitem konnte ich eine große Schar Menschen sehen, die von unserer Stadt nach Osten in Richtung des Poppenbergs zog, wo sie in den Wäldern verschwand. Zuerst dachte ich, dass es sich dabei um eine Prozession handeln würde. Doch da ich allmählich ausschließlich Kinder erkannte, wurde ich stutzig. Sobald ich also in die Stadt zurückgekehrt war, brachte ich den Eltern, die ihre Kinder bereits vermissten, diese Kunde.«

»Hast du denn gesehen, wem die Kinder folgten?«

»Nein. Das habe ich erst später erfahren, dass es sich dabei um diesen Rattenfänger gehandelt haben soll, der uns einige Tage zuvor von der Plage befreit hatte. Seither kann ich nachts kein Auge mehr zudrücken, im Wissen, dass dieser Dämon unsere lieben Kinder verhext hat.«

»Meinst du damit, dass der Rattenfänger schwarze Magie benutzt hat?«

»Er brauchte dazu keine schwarze Magie. Denn es war der Leibhaftige selbst, der an jenem Tag unsere Stadt heimsuchte. Ihr wisst nicht, auf was ihr euch einlasst.«

Ado bekam einen Schrecken. Die Worte des Kindermädchens wirkten auf ihn äußerst überzeugend. War dieser Rattenfänger doch gefährlicher, als sie bisher angenommen hatten? Doch er erinnerte sich, dass Richard ihn ermahnt hatte, sich vom abergläubischen Geschwätz der Leute nicht verrückt machen zu lassen.

»N... nein, nein, nein!«, protestierte er mit stottender, unsicherer Stimme. »Du glaubst doch nicht etwa, was man über diesen Flötenspieler behauptet?«

»Früher habe ich den Kindern immer derartige Geschichten erzählt, damit sie nach Einbruch der Dunkelheit nicht mehr auf die Straße gingen. Denn sonst würden sie Geister oder Hexen holen. Und jetzt traue ich mich selbst kaum noch aus meinem Haus – aus Angst, der Rattenfänger kehrt zurück.« Sie sah Ado mit ernster Miene an. »Rette dich! Kehr mit den anderen Männern dorthin zurück, wo ihr hergekommen seid! Bevor es zu spät ist, denn glaub mir ...«

»Ich danke dir für deine Hilfe«, unterbrach Ado das Kindermädchen, da er keine weitere Sekunde mehr ihre Warnungen ertragen konnte. »Leb wohl.«

*

Als Richard seine Söldner wieder traf, erlebte er eine Enttäuschung.

»Ich habe erfahren, dass die Eltern des blinden Mädchens aus Furcht die Stadt verlassen haben,« berichtete Odulf.

»Und das Kindermädchen konnte mir bestätigen, dass sie die Kinder nach Osten zum Poppenberg ziehen sehen hat,« ergänzte Ado. »Aber den Rattenfänger selbst nicht.«

»Wir kommen nicht weiter«, murmelte Richard und trat ungeduldig von einem Fuß auf den anderen. »Wir treffen uns in der Schänke auf dem Marktplatz, ich suche davor noch den Bürgermeister auf. Vielleicht habe ich dann Neuigkeiten zu berichten.«

Auf dem Weg zum Rathaus formulierte Richard in Gedanken schon den Bericht, den er dem Herzog schreiben musste.

Einige Ideen hatte er bereits, aber leider bestand der Rest des Textes aus Ungereimtheiten und widersprüchlichen Aussagen.

Die Rückenschmerzen durch die Rutenhiebe kamen zurück. Er könnte jetzt einen Wein gebrauchen. Dann würde es ihm gleich viel besser gehen. Seine Laune verschlechterte sich. Er bemühte sich, die Schmerzen zu ignorieren, und steuerte die Pforte des Rathauses an.

»Ich bin zwar nicht angekündigt, aber ich wollte fragen, ob ich den Herrn Bürgermeister für ein paar Augenblicke sprechen könnte«, sagte er, als er vor dem Wachposten stand.

»Unser Bürgermeister ist im Moment leider sehr beschäftigt. Könnt Ihr zu einer anderen Zeit wiederkommen?«

»Nein, weil wir nur noch heute in Hameln sind. Ich müsste jetzt zu ihm. Es handelt sich um ein äußerst wichtiges Anliegen bezüglich unserer Suche nach den Kindern. Die Dringlichkeit müsste Euch bewusst sein.«

Der Pförtner wiegte den Kopf, schien zu überlegen, wie weit er sich über die Befehle des Bürgermeisters hinwegsetzen und eigenmächtig handeln konnte. Schließlich winkte er Richard, ihm zu folgen, und sie begaben sich in den dritten Stock des Gebäudes. Der Pförtner bedeutete ihm zu warten, betrat das Zimmer des Bürgermeisters und kehrte schon nach kurzer Zeit wieder.

»Wenn Ihr einen Moment Geduld habt, wird Euch der Bürgermeister empfangen. Ihr könnt Euch solange setzen.« Er zeigte auf einen unbequem aussehenden Stuhl.

»Ich danke Euch vielmals.«

Richard setzte sich. Aus dem Raum des Bürgermeisters war Stimmengewirr zu hören, das nach einer gefühlten Ewigkeit verebbte. Wenig später öffnete ein kleiner Mann, offensichtlich der Sekretär des Bürgermeisters, die Tür und bat Richard herein.

Richard stand auf und betrat Gruelhots Arbeitskammer. Der Bürgermeister saß hinter seinem Schreibtisch. Der Mann in den Gewändern des Priesters, der schon gestern während der Versammlung anwesend gewesen war, stand neben ihm.

»Gott zum Gruß! Setzt Euch doch bitte!« forderte Gruelhot Richard auf.

Der erwiderte den Gruß und nahm vor dem Schreibtisch Platz.

»Ihr seid in dieser Angelegenheit noch nicht weitergekommen, nehme ich an«, stellte Gruelhot fest.

»So ist es.«

»Wie kann ich Euch noch helfen?«

»Ich benötige noch einen Hinweis.«

»Dann hoffe ich, Ihr seid bei mir richtig.«

»Im Prinzip ja. Ihr sagtet, dass neben dem blinden auch ein stummes Mädchen zurückgekehrt sei.«

»Und Ihr möchtet vermutlich zu dem Mädchen?«

»Genauso ist es.«

»Da muss ich Euch leider enttäuschen. Niemand wird zu dem Kind vorgelassen. Es ist vom Teufel besessen. Ich dachte, ich hätte das erwähnt?«

»Herr Bürgermeister, ich verstehe Eure Achtsamkeit. Aber wir haben uns das ehrgeizige Ziel gesetzt, die Kinder Eurer Stadt zu finden. Und dafür brauchen wir alle Hinweise, die wir kriegen können. Ich nehme an, das ist auch in Eurem Interesse?«

Der Priester flüsterte dem Bürgermeister etwas in Ohr.

»Liebend gerne sähen wir unsere Kinder wieder.« sagte Gruelhot. »Aber ich kann leider keine Ausnahme für Euch machen. Ihr müsst verstehen, dass es zu gefährlich ist. Wenn ich Euch vorlassen würde und Ihr geratet in seinen Bann, dann könnte es sein, dass Ihr die ganze Stadt mit in Euer Verderben reißt.«

Innerlich knirschte Richard mit den Zähnen. Sein Rücken schmerzte, es gelüstete ihn nach Wein, doch er bemühte sich um Ruhe. »Dann erzählt mir bitte genau, was sich zugetragen hat. Was hat es mit dem Mädchen auf sich?«

»Man hat es vor der Stadt gefunden.«

»Herr Bürgermeister, wenn ich einen Hinweis von dem Kind bekommen würde, wohin der Rattenfänger gezogen ist, würde uns das sehr weiterhelfen. Hat jemand aus ihm etwas herausbekommen?«

»Nein. Der Einzige, der mit dem Mädchen in die östlichen Wälder gegangen ist, war unser damaliger Priester. Allerdings ist er leider nicht mehr dazu gekommen, davon zu berichten.« Gruelhot warf dem neuen Priester der Stadt einen vielsagenden Blick zu.

»Warum nicht? Könnte ich mit ihm sprechen?«

»Er hat sich vor drei Tagen aus unerklärlichen Gründen das Leben genommen.«

Nun konnte Richard den Blick des Bürgermeisters deuten. »Herr Bürgermeister, ich muss Zugang zu diesem stummen Mädchen bekommen«, bekräftigte er. »Ihr habt kein Recht, einem Gesandten des Herzogs ...«

»Ich wüsste nicht, warum ich mich vor Euch zu rechtfertigen habe.« Der Bürgermeister klopfte mit seiner Faust auf den Schreibtisch und schenkte Richard einen grimmigen Blick. »Ich habe keine Zeit, mit Euch ewig herumzudiskutieren«, fügte er in dennoch ruhigem Ton hinzu. »Ich habe Euch gesagt, dass es nicht möglich ist. Geht.«

Der Priester blickte Richard ebenso finster an.

Für Richard war sein Besuch bisher vollkommen unbefriedigend. »Eure bisherige Unterstützung genügt nicht. Wir sind auf einer Suche, die nur durch Eure Mithilfe Erfolg hat. Was sollen wir dem Herzog über Eure Hilfsbereitschaft berichten? Dass wir die Kinder nicht finden konnten, weil Ihr uns nicht zu einer wichtigen Zeugin vorgelassen habt?« Richard hatte mittlerweile seine Rückenschmerzen vergessen.

»Werdet nicht frech!« Die scheinbar ruhige Gemütslage des Bürgermeisters war nun in offenen Zorn übergegangen. Er gestikulierte wild. »Ich werde meine Haltung nicht ändern, Euch keinen Zugang zu dem Mädchen zu gewähren. Unser Gericht hat es für schuldig befunden, und es wartet daher nur noch auf seine Hinrichtung. Wollt Ihr mich etwa erpressen?«

»Keineswegs«, log Richard. »Ich finde allerdings, dass Ihr uns zu wenig Hilfsbereitschaft anbietet. Es wirkt befremdlich, dass Eure Betroffenheit nicht reicht, um alle Hebel in Bewegung zu setzen, die verschwundenen Kinder wiederzufinden … «

»Glaubt mir, wir haben alles getan, was wir konnten! Aber wir können es nicht mit höheren Mächten aufnehmen. Ich bin nicht bereit, noch mehr Männer zu riskieren. So leid es mir um die Kinder tut. Aber wir müssen uns damit abfinden, dass sie verloren sind. Also was erwartet Ihr? Dass Ihr nur hierherkommen braucht und wir Euch alles zu Füßen legen? Wenn Ihr Euch das Leben als Ritter so vorstellt, seid Ihr im Irrtum.«

»Nein. Aber Ihr seid ja nicht mal in der Lage, mir jemanden zur Verfügung zu stellen, der mir über das Mädchen berichten kann.«

Der Bürgermeister sah ihn nur an und schwieg. Für Richard war das Antwort genug. Er war hier fertig.

»Wie Ihr wollt«, sagte er. »Wenn Ihr mir keinen Zugang geben wollt, ist es nun mal so. Glaubt allerdings nicht, dass wir dem Herzog gegenüber Euch und Eure Stadt in irgendeiner Weise wohlwollend erwähnen werden. Ganz im Gegenteil.«

»Das würde ich Euch nicht raten«, sagte der Bürgermeister. »Das solltet Ihr als Ritter nicht wagen. Ein Bote von mir zum Herzog genügt, und Eure Schwertleite ist nichtig. Lasst Euch das gesagt sein! Ihr hättet natürlich lieber einen Lobgesang, mit dem Ihr Euch beim Herzog für höhere Dienste empfehlen könnt. Ich soll Eure großen Taten und Fähigkeiten preisen. Aber diesen Gefallen werde ich Euch nicht tun. Das habt Ihr nicht verdient.« Das Gesicht des Bürgermeisters war mittlerweile rot angelaufen. »Verschwindet augenblicklich aus meiner Kammer!«, schrie er. »Euer Benehmen ist Eures Standes nicht wert!«

In diesem Moment schämte sich Richard für sein Verhalten. Tatsächlich hatte der Bürgermeister ihn aus Freundlichkeit vorsprechen lassen.

»Macht, was Ihr wollt. Berichtet, was Ihr dem Herzog berichten wollt,« rief Gruelhot. »Aber verlasst jetzt augenblicklich dieses Zimmer!«

Aufgewühlt machte sich Richard auf den Weg nach draußen. Jetzt bereute er sein Verhalten zutiefst. Warum nur hatte er die

Beherrschung verloren? Es war äußerst unklug gewesen, dem Bürgermeister noch mit einer böswilligen Erwähnung beim Herzog zu drohen. Sehr unklug. Er hatte sich damit endgültig den Zugang zu einer wichtigen Zeugin zunichtegemacht. Er hatte es mit Gewalt versucht, hatte die Beherrschung verloren, und alle Hoffnungen waren dahin. Sah so also seine Strategie aus, wieder ein edler Ritter zu werden? Zur Not hätte er einen Antrag beim Bischof stellen können. Vermutlich hätte das nichts geholfen, doch mit seinem Benehmen hatte er sich alle Möglichkeiten verbaut.

Er fühlte sich schlecht. Richtig schlecht. Er hatte die Selbstbeherrschung verloren. So wie damals in der Kirche. Zwar hatte Richard den Bürgermeister nicht niedergeschlagen, aber das änderte nichts daran, dass er seine Gefühle nicht im Griff hatte.

In Richards Kopf spielten sich jene Bilder ab, die er seit knapp vier Monaten zu verdrängen bemühte. Wie er mit seiner Faust in das Gesicht des Priesters schlug. Die Augenblicke danach. Als er zur Besinnung gekommen war. Der Anblick seines Opfers.

Oh, ich gottverdammtes Schwein, dachte Richard.

Wäre er jetzt betrunken, hätte er sein Verhalten gegenüber Gruelhot nachvollziehen können. Aber das war er nicht. Er war bei Sinnen.

Als er das Rathaus verließ, spuckte er in alter Gewohnheit kräftig auf den Boden. Er musste jetzt trinken. Er verlangte danach. Einfach nur, um sich zu entspannen …

Ein leichter Nieselregen setzte ein.

Wie hatten seine Mitmenschen sein Verhalten jahrelang ertragen? Er erinnerte sich an all die Szenen, in denen er sich spätnachts nach einer Schlägerei schlafen gelegt hatte. Jedes Mal war sein Hemd zerrissen gewesen, er hatte eine blutige Nase gehabt. Für gewöhnlich war er über den Tisch gestolpert, hatte vor Schmerzen geschrien.

Warum nur lebten in ihm immer noch diese selbstzerstörerischen Tendenzen? Die Suche nach den Kindern gab ihm endlich die Möglichkeit, sein Leben in den Griff zu bekommen. Er hatte sich das selbst auferlegt. Hatte er etwa Angst vor dem Danach? Stand er sich mit Absicht selbst im Weg?

Plötzlich sprach ihn eine Stimme an, riss ihn aus seinen Gedanken. »Gott zum Gruß! Wo möchtet Ihr Euch hinsetzen?«

Er war mittlerweile, ohne sich darüber bewusst geworden zu sein, in dem Gasthaus angelangt, in dem er sich mit Odulf und Ado treffen wollte. Eine Musikgruppe spielte im Hintergrund traurige Lieder. Die Schankherrin stand neben ihm, sah ihn fragend an.

In einer Ecke fand er seine Männer an einem Tisch. Zügig ging er zu ihnen und setzte sich.

»Wo wart Ihr so lange?«, fragte Ado. »Wollt Ihr etwas essen?«

»Nein, danke. Leider wollte mich der Bürgermeister zu dem stummen Mädchen nicht vorlassen.«

»Das ist bedauerlich«, sagte Ado. »War jedoch zu vermuten.«

»Habt Ihr etwas herausgefunden?«

»Nichts, was uns weiterhilft«, antwortete Odulf.

»Dann machen wir uns morgen auf den Weg in die östlichen Wälder«, kündigte Richard an. Leise fügt er, nur für sich selbst hörbar, hinzu: »Oder wir befreien das stumme Mädchen.«

»Was meint Ihr?«, fragte Odulf.

Ado sah aus dem Fenster. »Es hat schon angefangen zu regnen. Wir sollten in unsere Unterkunft aufbrechen.«

»Das stimmt.« Richard dachte an den Matsch an seinen Schuhen, von dem er immer noch nicht wusste, wie er dorthin gekommen war.

Tatsächlich verwandelte sich der leichte Nieselregen in diesem Moment in einen kräftigen Schauer.

Sie verließen das Gasthaus und machten sich eilig auf den Rückweg. Der Regenfall wurde stärker, und die drei sputeten sich, um nicht vollkommen durchnässt in ihrer Unterkunft anzukommen.

4. Kapitel

Richard stand im langen Hauptgang des Kerkers der Stadt Hameln. In seiner Hand hielt er eine Fackel, um sich in dem finsteren Gewölbe zurechtzufinden.

Zu später Stunde, als seine beiden Söldner in der gemeinsamen Kammer schon eingeschlafen gewesen waren, hatte er sich davongeschlichen. In den Kerker der Stadt, der sich im Keller des Rathauses befand. Er vermutete, dass sich der Kerker der Stadt im Keller des Rathauses befinden musste, da dort die Fenster auffällig vergittert waren. Also im gleichen Gebäude, in dem die drei ihr Quartier hatten. So hatte er die Gänge des Rathauses, auf denen sich zu fortgeschrittener Zeit niemand mehr befand, nach einem Zugang abgesucht. Schließlich hatte er eine schwere, vergitterte Türe entdeckt, die direkt nach unten führte.

Zu seinem Glück war der Wächter des Kerkers auf seinem Stuhl eingeschlafen. Es war also ein leichtes Spiel für Richard gewesen, sich den Schlüssel zu den Zellen zu besorgen. Nun musste er nur noch das stumme Mädchen finden. Sobald er es befreit hätte, müsste er mit ihm aus der Stadt fliehen.

Richard dachte daran, was passieren mochte, falls man ihn erwischte. Ein Verbrechen, für das er erneut bestraft werden würde. Aber das war ihm im Moment gleichgültig. Fast schien es so, als ob eine höhere Macht ihn mit allen Mitteln zu dem Mädchen führen wollte.

Vor ihm führte die Treppe zu den einzelnen Zellen ins Dunkel. Darauf bedacht, kein Geräusch zu verursachen, schlich er die Stufen hinab und sah sich um. Jede der Zellentüren besaß ein vergittertes kleines Loch, durch das man in die Räumlichkeiten sehen konnte, die nur unzureichend durch eine Fackel an der Zellenwand beleuchtet wurden. Die meisten waren leer. In einer schlief ein verwahrloster Mann. In einer anderen konnte er schemenhaft eine alte Frau erkennen. In der dritten Zelle fand Richard schließlich eine kleine Gestalt. Sie schlief auf einer Liege.

Erwischt, dachte Richard. Er suchte den passenden Schlüssel, indem er jeden einzelnen ausprobierte, bis er endlich den richtigen gefunden hatte und betrat vorsichtig die Zelle.

Es handelte sich um ein kleines, dünnes Mädchen. Zweifellos weniger als zehn Jahre alt. Selbst im Licht der Fackel waren auf ihrer blassen Haut deutliche Folterspuren zu erkennen. Das musste Sigrun sein, das stumme Mädchen, die Tochter der Kaufmannsfamilie. Behutsam nahm Richard das Kind in die Arme. Das Mädchen schlief so fest, dass es keine Reaktion zeigte.

Plötzlich stockte ihm der Atem, und er blieb wie angewurzelt stehen. Irgendetwas drang in die Zelle. Es klang wie ein leises Zischen, dass sich wie durch ein Echo einige Male wiederholte. War der Wächter etwa aufgewacht und drehte seine Runde? Nein, das waren keine polternden Schritte, nicht das Klappern von Schlüsseln. Das Geräusch war ihm unbekannt, und es schien viel näher zu sein. Es kam aus dieser Zelle. Es umgab ihn. Vorsichtig legte Richard das Mädchen auf die Liege zurück.

Er sah sich um. Keine Schatten, keine Silhouetten, keine Schemen an der Wand. Und plötzlich hörte er auch kein Geräusch mehr. Alles war ruhig.

Offensichtlich hatte er sich getäuscht, seine Ohren ihm einen Streich gespielt. Erneut nahm er das Mädchen auf die Arme, legte es sich vorsichtig über die Schulter, verließ die Zelle und schloss die Tür ab.

Sein Verstand sagte, dass es Zeit war, aus dem Kerker zu verschwinden. Außerdem würde er einen anderen Weg aus dem Gewölbe nehmen müssen, denn er wollte nicht das Risiko eingehen, mit seiner wertvollen Last erneut an dem Wächter vorbeigehen zu müssen.

Leise schlicht er an das andere Ende des Ganges. Aber dort gab es keinen Ausgang. Der Weg über die Treppe schien also der einzige nach draußen zu sein.

Obwohl er es nicht gerne zugab: Die Geräusche hatten ihm einen Schrecken versetzt. Kämpfte er etwa schon wieder um seinen Verstand? Oder waren hier tatsächlich höhere Mächte am Werk? Ihm fielen die Worte von Gruelhot wieder ein:

Bei diesem Flötenspieler handelt es sich um einen Dämon. Die Gier nach Seelen treibt …

Erneut horchte er auf. Wieder glaubte er, das Zischen zu hören. Es hörte sich an, wie Stimmen von Geistern, die sich unterhielten. Sie umgaben ihn, überall zugleich, aber doch nirgends. Spürte er etwa Nachwirkungen seiner Sucht? Bekam er Wahnvorstellungen? Er versuchte, sich einzureden, dass er sich das alles nur einbildete.

... Die Gier nach Seelen treibt ihn umher. Er zieht von Stadt zu Stadt und befreit die Leute von ihrem Ungemach, um danach von ihren Seelen Besitz zu ergreifen.

Da! Erneutes Zischen! Jetzt bekam Richard es wirklich mit der Angst zu tun. Er hörte merkwürdige Dinge. Beunruhigende Dinge. Dinge, die es vielleicht gar nicht gab.

Eilig verließ Richard mit dem immer noch schlafenden Mädchen über der Schulter das Kellergewölbe und sperrte es hinter sich ab. Der Nachtwächter schlief dem Herrn sei Dank noch, Richard befestigte den Schlüssel behutsam wieder an dessen Gürtel und achtete dabei darauf, dass der Körper des Mädchens sich dabei nicht bewegte. Der Mann regte sich kein einziges Mal.

Jetzt, da Sigrun befreit und er selbst heil aus dem Kerker herausgekommen war, kümmerten Richard die eigenartigen Geräusche, die er meinte gehört zu haben, nicht weiter. Er eilte davon, machte sich auf den Weg in die gemeinsame Kammer.

Gleich, ja, gleich würde er Odulf und Ado seinen Schatz präsentieren.

Dort angekommen, legte er das Mädchen in sein Bett und rüttelte die beiden Söldner an den Schultern. »Wacht auf! Ich habe etwas mitgebracht!«

»Was ist los?«, fragte Ado im Halbschlaf.

Richard zeigte auf sein Bett. »Das ist das stumme Mädchen aus dem Kerker, zu dem uns der Bürgermeister keinen Zutritt gewähren wollte.«

»Wie kommt es hierher?« Odulf war erstaunt.

»Ich hab mich in den Kerker geschlichen.«

»Ihr habt sie befreit?« fragte Ado entsetzt, der nun offensichtlich hellwach war. »Was um alles in der Welt ist in Euch gefahren?«

»Warum diese Frage? Es …«

»Ihr fragt auch noch warum?« Odulfs Erstaunen war in Fassungslosigkeit übergegangen. »Ihr habt eine Entführung begangen. Ein Verbrechen. Dafür könnt Ihr selbst zurück in den Kerker wandern! Ich glaub nicht, dass Ihr das wieder wollt.«

»Macht euch keine Sorgen um mich«, sagte Richard. »Wir haben jetzt eine wichtige Zeugin. Das ist das, was zählt.«

Odulf war erbost. »Wir sollen uns keine Sorgen machen, wenn wir vielleicht bald die Stadtwächter im Nacken haben? Und Ado und ich als Mittäter verhaftet werden, obwohl wir nichts getan haben? Wir konntet Ihr das vergessen?«

Sigrun zuckte im Schlaf leicht zusammen. Es würde bald erwachen.

»Dieses Mädchen kann uns den Ort zeigen kann, an dem die anderen Kinder geblieben sind.« Richard wurde jetzt unsicher. Hatte er einen Fehler begangen? Die Konsequenzen nicht realistisch genug bedacht? »Der Bürgermeister wollte uns mit einem Vorwand nicht zu ihr vorlassen. Ihr glaubt doch nicht wirklich an den Teufel? Es ist ein Mädchen, ein kleines Mädchen, das man gefoltert hat. Sie ist nicht besessen!« Inzwischen hatte Richard sein Selbstbewusstsein wiedergefunden. »Einen Ritter, der ihre Kinder zurückbringen will, lassen die Bürger im Stich. Damit dieses Mädchen mit nicht einmal zehn Jahren dem Scheiterhaufen zugeführt werden kann. Sie hat wichtige Dinge gesehen. Sie hat den Rattenfänger gesehen. Es war rechtens, dass ich sie befreit habe.«

»Das kann nicht Euer Ernst sein, oder?« Ados Stimme war bitter geworden.

»Versteht ihr denn nicht …«, begann Richard.

Odulf unterbrach ihn. »Was meint Ihr, was die Stadtbewohner mit uns machen, wenn das auffliegt?«

Richard setzte sich neben das schlafende Mädchen, senkte den Kopf. »Es ist die einzige Möglichkeit, die Kinder wiederzufinden.«

Ado resignierte. »Wie sollen wir dieses Mädchen aus der Stadt schaffen? Das wird jedem auffallen. Die werden die Entführung schon bald bemerken. Ihr werdet der erste Verdächtige sein.«

»Selbst wenn wir es aus der Stadt schaffen, was wäre damit gewonnen?«, gab Odulf zu Bedenken. »Spätestens wenn wir die Kinder oder den Rattenfänger gefunden haben, wird man uns verhaften.«

»Ihr habt mit euren Einwänden recht«, gab Richard zu. »Aber wie ihr schon selbst gemerkt habt, kann man die Spuren des Rattenfängers nicht so ohne Weiteres zurückverfolgen. Vielleicht gar nicht. Dieses Mädchen aber hat ihn gesehen! Was wäre denn, wenn wir das Geheimnis lösten? Könnt ihr euch das nicht vorstellen? Man würde uns verzeihen. Und mit Ehre und Geld überschütten.«

»Nein, Hochwohlgeboren!«, sagte Ado streng. Er blickte Richard finster an.

»Mein Gott, Ado, verstehst du es denn nicht? Es …«

»Ich meine es ernst, Hochwohlgeboren. Entführung bleibt Entführung. Noch dazu mit Einbruch. Dafür wandern wir alle in den Kerker.«

Richard schwieg.

»Wir versuchen die ganze Zeit, Euch zu unterstützen«, sagte Odulf. »Ja, wir waren untätig, als es mit Eurer Trunkenheit überhandnahm. Deswegen dachten wir, wir sind es Euch jetzt schuldig, Euch wieder auf die Beine zu helfen. Aber nun zieht Ihr uns in so etwas mit hinein.«

Erneut zuckte das Mädchen im Schlaf.

Wut brannte in Richard auf. Zuerst die Auseinandersetzung mit dem Bürgermeister und jetzt ein Streit mit Odulf und Ado. Hatten sich auf einmal sämtliche Leute gegen ihn verschworen? Er atmete tief durch. Warum musste er sich vor seinen Söldner rechtfertigen? Er, als ihr Herr?

»Aber ihr habt leicht reden«, versuchte er es erneut. »Ihr braucht keine große Heldentat, um wieder auf die Beine zu kommen. Ihr seid auch nicht auf Freunde angewiesen, die euch bei einem Neuanfang helfen.«

Odulf hatte sich inzwischen beruhigt und nickte einfühlsam. »Ja, das verstehen wir. Aber für Eure Vergangenheit können wir nichts, Hochwohlgeboren. Dafür können wir wirklich nichts.«

»Schon gut«, sagte Richard.

»Nachdem Ihr den Priester beinah totgeprügelt habt, haben wir uns für Euch eingesetzt«, sagte Ado. »Wir haben alles dafür getan, dass Eure Strafe mild ausfällt. Aber letztendlich müsst Ihr selbst Verantwortung übernehmen. Wir haben uns bereit erklärt, Euch bei der Suche nach den Kindern zu helfen, damit Ihr Euch beweisen könnt. Ist das Eure Art, Danke zu sagen, Hochwohlgeboren?«

»Natürlich nicht«, antwortete Richard leise, aber immer noch um Beherrschung bemüht.

Er musste diese Kinder unbedingt finden. Seine Zukunft hing davon ab. Er musste sich schon bald mit einer Heldentat beim Herzog empfehlen. Er hatte keine Wahl. Es blieb ihm nichts anderes übrig, als seinen Fehler einzugestehen und seine beiden Söldner um Vergebung zu bitten. Denn er war auf sie angewiesen. Doch er schaffte es kaum, sein Temperament zu beherrschen. Wie lange konnte das noch gut gehen? Schweißperlen bildeten sich auf seiner Stirn.

»Es ist nicht meine Art, mich zu bedanken. Ihr kennt mich doch«, quetschte er mühsam hervor.

»Und wie soll es jetzt weitergehen? Gedenkt ihr, die Suche abzubrechen und mich zu verlassen?«

»So weit muss es nicht kommen«, sagte Ado. »Aber Ihr müsst das in Ordnung bringen!«

»Schön.« Richard war in einem missmutigen, gleichgültigen Tonfall verfallen. »Was soll ich jetzt eurer Meinung nach tun? Ich werde dieses stumme Mädchen nicht zurückbringen. Das würde bedeuten, dass man sie weiterhin foltert und am Ende auf dem Scheiterhaufen verbrennt.«

»Wir haben gegenüber ihr genauso viel Mitgefühl wie Euer Hochwohlgeboren, sagte Ado. »Aber wir denken, dass jetzt der falsche Zeitpunkt ist, um uns um sie zu kümmern. Das können wir später, wenn wir die anderen Kinder zurückgebracht und den Rattenfänger gefangen haben.

Bringt also das Mädchen auf demselben Weg zurück, wie Ihr es entführt habt!«

»Wer garantiert uns, dass sie nicht schon tot ist, wenn wir erfolgreich mit den Kindern zurückkehren? Wenn wir das überhaupt tun?« Richard gelang es kaum noch, seine Wut zu unterdrücken. Völlig außer sich sprang er auf. »Ich bin hier der Herr, vergesst das nicht!«

»In Ordnung.« Odulf bemühte sich, die Wogen zu glätten. »Wir werden also die Suche nach den Kindern mithilfe dieses entführten Mädchens beginnen. Das bedeutet aber, dass wir die Stadt sofort verlassen müssen. Bevor man uns auf die Schliche kommt.«

»Da die Stadt kaum noch Männer zur Verfügung hat, werden der Stall und das Stadttor nur unzureichend bewacht«, sagte Richard. »Ich werde schon einen Weg finden.«

Sie packten ihre Sachen. Für den Fall, dass es zu einem Kampf kommen sollte, legten sie ihre Kettenhemden an, und die Schilde um. Vorsichtig hob Richard das Mädchen hoch, und gemeinsam machten sie sich auf den Weg zu dem Stall, in dem ihre Pferde untergebracht waren.

Schon von Weitem erkannte Richard, dass ihm das Glück dieses Mal nicht hold sein würde. Zwar war nur eine einzelne Wache anzutreffen. Doch die nahm ihre Pflicht ernster als diejenige im Kerker und schien alles genau im Blick zu haben.

»Also schön«, flüsterte er seinen Söldnern zu. »Dann müssen wir den Kerl eben beseitigen.«

Ado wollte Gewissheit. »Ihr wollt ihn ...?«

»Nein, nur betäuben. Ado, du gehst jetzt auf den Wachposten zu und erkundigst dich nach unseren Pferden. Ich werde mich von hinten an ihn heranschleichen und ihn mit einem Schlag niederstrecken. Odulf bleibt hier in Reserve, falls irgendetwas schieflaufen sollte.«

Ado tat, wie ihm geheißen. Als er nahe genug an den Wachmann herangekommen war, rief er ihm zu, sein Herr schicke ihn, um sich nach dem Wohlbefinden ihrer Rösser zu erkundigen. Die Wache schien ihn erst nicht zu hören oder nicht zu verstehen, und als sie endlich reagierte und auf Ado zukam, teilte der Mann ihm mit, dass dies eine ungewöhnliche Frage zu dieser späten Stunde sei.

Richard, der das immer noch schlafende Mädchen sanft auf den Boden abgelegt hatte, schlich sich von hinten heran. Es kam ihm vor, als würden Stunden vergehen, so langsam bewegte er sich vorwärts.

Ado stotterte inzwischen herum, wusste anscheinend nicht mehr, was er sagen sollte. Aber bevor sich der Wachmann von ihm abwenden konnte, schlug Richard ihn mit dem Knauf seines Schwerts bewusstlos.

Jetzt musste es schnell gehen. Odulf fesselte den Mann und brachte ihn in eine Ecke des Stalls, wo ihn so bald niemand finden würde. Richard und Ado sattelten derweil ihre Rösser und führten sie ins Freie. Gemeinsam schafften sie es, das stumme Mädchen über den Sattel von Richards Pferd zu legen. In der Zwischenzeit war Richard davon überzeugt, dass man es auf irgendeine Art und Weise betäubt hatte. Doch ihr tiefer Schlaf kam ihnen im Moment sehr gelegen.

Unbeobachtet gelangten sie zum Stadttor. Auf der Mauer konnten sie zwei weitere Wachen ausmachen. Es würde äußerst schwierig werden, dort unbemerkt hinaufzugelangen, um sie auszuschalten.

»Ich habe eine Idee«, sagte Odulf leise. »Ich kann werfen wie kein anderer. Ich wette, dass ich ein paar Steine über die Mauer schleudern kann. Die werden die Wachen sicherlich ablenken.«

Richard, der Odulf vertraute, begab sich mit Ado in die Nähe des Tors. Die beiden beobachteten, wie Odulf an der Mauer entlangschlich und an einer geeigneten Stelle in hohem Bogen einen Stein darüber warf.

Einer der Wachen merkte auf, zeigte aber keine weitere Reaktion. Anscheinend schrieb er das Geräusch einem Tier zu.

Odulf warf einen zweiten Stein. Der schlug jetzt auch für Richard deutlich hörbar jenseits der Mauer ein. Jetzt erst reagierten beide Wachen, gingen aufeinander zu und schienen sich zu beraten, für einen Moment lang waren sie abgelenkt. Schnell schlich Richard zum Stadttor und öffnete es so leise wie möglich. Als es weit genug offenstand, folgte Ado mit den Rössern. Er zog sie jedoch derart überhastet hinter sich her, dass sie zu wiehern begannen.

Die Wachen bemerkten dies. »He! Wer ist da?«

Odulf rannte los. Binnen Sekunden wurden die Männer auf der Mauer aktiv. Richard zog das Tempo an und versuchte, die Wachen so gut es ging zu ignorieren. Wenn er und seine Söldner jetzt schnell genug waren, würden sie im Schutz der Dunkelheit den Wall in Kürze hinter sich gelassen und einen Vorsprung gewonnen haben. Ado und Odulf schien derselbe Gedanken umzutreiben, denn sie nahmen die Zügel fester in die Hand und trieben ihre Tiere leise an. Schließlich stiegen sie auf ihre Rösser und ritten davon. Sigrun lag auf

Richards Schoß und zuckte kein einziges
Mal.

5. Kapitel

Auch Stunden später, als sie in Richtung des Poppenbergs unterwegs waren, war sie noch nicht erwacht. Um möglichen Verfolgern zu entgehen, ritten sie zunächst abseits des Weges. Er führte sie direkt in einen Wald. Als sie sich sicher genug fühlten, kehrten sie auf ihn zurück. Erst nachdem sie Hameln weit hinter sich gelassen hatten, sprachen sie miteinander. Odulf und Ado stellten erneut klar, dass sie mit der Entführung nichts zu tun haben wollten. Richard versicherte ihnen abermals, dass er das stumme Mädchen zurückbringen werde, sobald sie ihre Suche abgeschlossen hatten.

Richard ritt voraus, Odulf und Ado hinterher. Allmählich wurden die Ausläufer des Bergs sichtbar. Am Vortag, vor dem Regenschauer, war es noch angenehm warm gewesen. Doch der neue Tag hatte spürbare Kälte mit sich gebracht.

Odulf machte sich lautstark Sorgen um die Vorräte, denn sie hatten es versäumt, in Hameln neue zu besorgen. Richard dagegen strahlte Zuversicht aus, dass sie ihr Unternehmen auch mit dem Verbliebenen bewerkstelligen würden. Davon abgesehen wollte er nicht unnötig Geld ausgeben.

»Wir brauchen nicht so viel«, sagte er. »Wir sind aus dem Wald bald wieder heraus.«

»Wenn wir noch tagelang nach den Kindern suchen müssen, brauchen wir deutlich mehr Nahrungsmittel«, entgegnete Odulf beunruhigt und überprüfte erneut seine Vorräte. »Hoffentlich bricht uns das am Schluss nicht das Genick!«

»Du und dein Einschätzungsvermögen«, spottete Richard. »Ich habe mich einmal drei Tage ohne Nahrungsmittel durch die Wildnis gekämpft.«

Odulf erwiderte nichts. Er wirkte angespannt und unruhig.

»Dieser Wald ist dicht. Unübersichtlich«, sagte Ado. »Also, haben wir auch sicher genügend Nahrungsmittel dabei?«

»Das hat unser Herr zumindest gesagt. Wenn nicht, hocken wir in der Scheiße«, antwortete Odulf.

»Vielleicht sehen wir ein Paar Hirsche, die wir erlegen können«, sagte Ado.

»Bist du nervös?«, fragte Odulf.

»Keine Sorge!«

Richard befahl seinem Pferd stehenzubleiben und holte die Karte hervor. Umständlich entfaltete er sie. »Wir müssten bald da sein«, sagte er und deutete auf einen Punkt. »Irgendwo hier müsste der Pfad anfangen. Haltet mal die Augen offen!«

Die Straße verlief nun ein wenig steiler und die Walddichte nahm zu beiden Seiten zu.

»Ganz schön tief der Wald hier«, sagte Ado. »Wie ich's gesagt habe. Ich wiederhole mich nur ungern, aber: Sollen wir wirklich die Suche aufnehmen? Wenn es stimmt, was Gruelhot und die Ratsherren gesagt haben, dann ...«

»Ziehst du etwa den Schwanz ein?«, fragte Odulf.

»Es ist nur ... so ein Gefühl, als ob hier irgendetwas nicht stimmt. Wenn der Flötenspieler wirklich schwarze Magie benutzt. ... Wenn wir ihm zu nahekommen, hat er es vielleicht auf uns abgesehen.«

»Auf uns abgesehen?«, fragte Richard ungläubig. »Seit wann glaubst du an derartigen Hokuspokus?«

»Keine Ahnung. Vielleicht treffen wir auch auf Räuberbanden ...«

»Dieses Schicksal hätte uns schon bei unserem Weg nach Hameln ereilen können.

Komm schon, Ado!«, sagte Odulf. »Was ist denn mit dir los? Beruhige dich! Du glaubst doch nicht im Ernst, dass ein Flötenspieler drei schwer bewaffnete Männer angreift? Er wäre lebensmüde.«

»Darf ich dich daran erinnern, Ado, dass ich dir für dieses Unternehmen deinen Sold bezahle?«, blaffte Richard.

Für einen Moment schwieg Ado. »Meine Treue gilt«, sagte er dann und reckte das Kinn. »Lasst uns hoffen, dass wir diese Kinder finden und sicher nach Braunschweig zurückkehren.« Er machte eine Pause, schien zu überlegen. »Hochwohlgeboren, was werdet Ihr tun, wenn wir unser Unternehmen erfolgreich abschließen?«

»Falls ich wieder der Herr von Calenstein bin, werde ich auf meine Burg zurückkehren«, sagte Richard. »Und falls meine Bauern noch immer auf dem Land sind, habe ich genügend mit der Verwaltung zu tun. Solange mich der Herzog nicht in den Krieg ruft.«

»Und falls unser Unternehmen scheitert?«, fragte Ado.

»Dann werde ich als Bettler enden. So denn bleibt mir nur noch, ins Heilige Land zu ziehen und die Sarazenen zu bekämpfen, damit Gott mir meine Sünden vergibt. So haben es die Prediger versprochen.«

»Was ist mit Eurer Verlobten?«, fragte Odulf. »Wollt Ihr versuchen, sie zurückzugewinnen?«

»Mathilde? Ja, das werde ich. Aber es wird nicht einfach. Ihr beide wisst, wie es um uns steht.« Richard dachte erschrocken bei sich, dass ihre Trennung schon ein halbes Jahr her war. Er wollte es noch einmal mit ihr versuchen. Doch diesmal anders.

Er wusste, dass Mathilde inzwischen eine Arbeitsstelle als Näherin angenommen hatte, um ihren Unterhalt wenigstens einigermaßen bestreiten zu können. Von ihren Eltern wollte sie nichts mehr wissen. Die hatten von Richards Umtriebigkeit erfahren und ihr die Erlaubnis zur Heirat entzogen. Dass die beiden längst zusammengewohnt hatten, hatte die Situation nicht entschärft, und Mathilde hatte darunter gelitten.

»Sie haben es doch selbst gesagt, dass du dich bei ihnen nie wieder blicken lassen sollst«, hatte er ihr gesagt. »Falls sie ihre Einstellung ändern, werden sie sich bei dir melden. An mir haben sie von Anfang an kein gutes Haar gelassen. Ich habe noch nie so vorverurteilende Leute wie deine Eltern gesehen.«

Und irgendwann dachte sie ebenfalls so.

Er musste also erst einen Weg finden, den Frieden zwischen ihren Eltern, Mathilde und ihm wiederherzustellen. Dann würde auch Mathilde erkennen, dass Richard sich geändert hatte.

»Was ist mit dir?«, fragte er Odulf.

»Mit Eurer Erlaubnis werde ich mein Weib und meinen Sohn nach unserer Rückkehr besuchen, um nach dem Rechten zu sehen.«

»Und du, Ado?«, fragte Richard.

»Nun, ich verließ meine Eltern mit fünfzehn vor vier Jahren«, sagte Ado. »Ich war so glücklich, dass ich einen Herren wir Euch gefunden habe, der mir die Kunst des Armbrust-Schießens beibringen konnte. Ich hatte seitdem viele Gelegenheiten, ein Weib kennenzulernen. Aber ich habe die richtige noch nicht gefunden.«

Plötzlich zuckte das Mädchen in Richards Schoß zusammen. Alarmiert gab er das Zeichen, stehenzubleiben und abzusteigen. Vorsichtig hoben sie die Kleine vom Pferd und legten sie neben die Straße auf den weichen Waldboden. Richard kniete sich neben sie und fuhr erschrocken zurück, als das Mädchen ihn mit einem tief durchdringenden, unheimlichen Blick ansah. Dann huschten ihre Pupillen zu Richards Söldner. Ruckartig setzte sie sich auf und starrte die beiden mit einem tief durchdringenden, unheimlichen Blick an. Als sich die beiden ihr näherten, rappelte sie sich hoch, wich einen Schritt zurück und geriet dabei in Richards Arme.

»Hab keine Angst!«, sagte er. »Wir tun dir nichts!«

Das Mädchen starrte ihn an, zeigte aber keine Reaktion. Weder Furcht, noch Zutrauen.

»Wo sind die anderen Kinder?«, fragte er weiter. »Zeig uns den Ort, und wir bringen sie zurück.«

Sie hob den Arm und zeigte in den Wald. Am Wegrand, nur unweit der Stelle, wo die Pferde standen, entsprang ein Pfad. Er war so unscheinbar, dass man ihn leicht übersehen konnte.

»Alles klar«, sagte Odulf. »Da ist unser Weg.«

Richard stimmte ihm zu, kam aber nicht umhin, sich zu wundern, dass das Mädchen genau an der richtigen Stelle aufgewacht war.

Der Pfad war zu schmal, um die Pferde mitzunehmen. In Erwartung ihrer baldigen

Rückkehr führten sie die Rösser etwas abseits des Weges. Zu ihrem Glück fanden sie in der Nähe einen Bach. Das hohe Gras in der Ebene würde den Tieren als Nahrung dienen können. Sie banden die Pferde an einem herunterhängenden starken Ast fest und schulterten ihre Ausrüstung.

Richard beugte sich zu dem Mädchen hinunter. »Pass auf,« sagte er und schaute ihr in die unheimlich tiefblickenden Augen. »Solange du bei uns bist, kann dir nichts passieren. Wir sind hier, um deine Freunde zu finden und zurückzubringen. Aber dafür musst du uns helfen. Wo genau hat der Flötenspieler sie hingebracht? Zeig uns den Ort!«

Das Mädchen reagierte nicht, dafür deutete Ado nach oben. Strahlend blauer Himmel lag über ihnen, doch im Westen erkannte man graue Wolken. Heute würde sie das schlechte Wetter nicht mehr einholen. Aber sie waren ja mindestens bis morgen unterwegs, und bis dahin konnte noch einiges passieren.

»Wir werden es schaffen«, versicherte Richard seinem Söldner. »Überprüft eure Ausrüstung. Haben wir irgendwas vergessen?«

»Ich glaube nicht«, sagte Ado. »Das Brot hab ich eingepackt.« Anscheinend hielt er das für das Wichtigste.

Richard spuckte auf den Boden, und die vier begaben sich langsam auf den schmalen Pfad zurück. Er gab dem Mädchen ein Zeichen, vorauszugehen. Sie gehorchte.

»Hoffentlich gibt es hier nicht allzu viele Mücken«, sagte Odulf.

»Kein Problem.« Richard lächelte. Plötzlich fiel ihm noch was ein. »Ich habe ein … Oh, ich habe doch etwas vergessen!« Er drehte sich um und eilte zu den Pferden zurück.

*

Unbeirrt von Richards Umkehr ging Ado mit Odulf und dem Mädchen weiter.

»Wie lange brauchen wir etwa? Was denkst du?« fragte Ado das Mädchen.

Sie zeigte ihm zwei Finger.

»Zwei Stunden«, sagte Odulf. »Maximal.«

Ado hoffte, dass es sich nicht doch um zwei Tage handelte. Und dass sie bald Wild begegneten, um es erlegen zu können. Oder dass ein Reh ihren Weg kreuzte.

*

Richard hatte etwas vergessen, er wusste es. Der Gedanken saß in seinem Kopf und klopfte gegen seine Schädeldecke. Als er bei den Rössern angekommen war, wusste er jedoch nicht mehr, was er hier eigentlich wollte. Für kurze Zeit wurde ihm schwindelig, als ob ihn jemand an den Schultern packen und schütteln würde, es wurde ihm kurz schwarz vor Augen, und er kam erst auf dem Weg zurück zum Pfad wieder zu sich. Für einen kurzen Moment hatte er sogar geglaubt, von irgendwoher Musik von einer Flöte hören. Sie hatte eine unheimlich beruhigende Wirkung auf ihn. Aber bevor er sich damit weiter auseinandersetzen konnte, kam ihm wieder sein Aufenthalt bei den Pferden in den Sinn. Hatte er jetzt eingesteckt, was er mitnehmen wollte? Sicher, hatte er. Er dachte nicht weiter darüber nach, auch weil Ado und Odulf sich schnell vorwärtsbewegten und er sie nicht außer Sichtweite geraten lassen wollte. Kurze Zeit später hatte er sie eingeholt und schweigend gingen sie nebeneinander her.

Sie hofften, dass der Pfad sich nicht irgendwo verlief. Hin und wieder war er bereits stark überwuchert. An seiner breitesten Stelle bot er kaum zwei Füßen nebeneinander Platz. Immer tiefer führte er sie in den Wald hinein. Das erste Hindernis der Strecke stellte ein schmaler, aber tiefer Bach dar, den sie nur über einen umgeschlagenen Baum überqueren konnten. Das morsche Holz sah wenig vertrauenerweckend aus. Mühsam und in Sorge um ihre Ausrüstung krochen sie über ihn ans andere Ufer. Zu ihrem Glück verlief alles ohne Zwischenfall, zu ihrem Erstaunen bewältigte das Mädchen die Strecke ohne ihre Hilfe, und sie konnten ihren Weg fortsetzen, bis sie Hunger spürten und rasteten.

Auf einer Lichtung, die in herrlichem Sonnenschein lag, legten sie die erste Pause ein. Es hatte den Anschein, als würde es doch noch wärmer werden. Auf einem Flecken, der im Schatten lag und an dem das Gras nicht allzu hoch war, ließen sie sich nieder. Erneut zog Richard die Karte aus seiner Tasche und stellte fest, dass die *Teufels Küche* auf der Nordseite des Poppenbergs lag. Der Pfad, den sie gegangen waren, führte sie allerdings nach Südosten. Inzwischen zweifelte er daran, dass ihnen ein Tag für ihre Suche genügen würde. Da die Rösser aber gut versorgt waren, konnten sie auch ein, zwei Tage allein zurechtkommen.

Nachdem sie eine Kleinigkeit zu sich genommen hatten, mahnte Richard zum Aufbruch. Der Vormittag ging allmählich in den Mittag über. Wald und nichts als Wald umgab sie, so weit das Auge reichte. Schweiß lief ihnen die Stirn herab, feuchtete ihre Kleider ein, schwer atmend wanderten sie einen Hang hinauf, an dem die Bäume weniger dicht standen. Laub und Tannennadeln bedeckten den Boden, sie bewegten sich nahezu geräuschlos fort. Gerade wollte er einen weiteren Schritt machen, da spürte Richard etwas. Er konnte es weder hören, schmecken, sehen noch fühlen, aber es war trotzdem präsent. Irgendetwas oder irgendjemand war hinter ihnen her. Er wusste es genau. Langsam drehte er sich um. Aber gerade in diesem Moment verschwand das eigenartige Gefühl wieder. Das Mädchen, Odulf und Ado marschierten unbeirrt weiter. Eine merkwürdige Stille lag auf einmal über dem Wald. Kein Vogelgezwitscher war mehr zu hören, keine Krähen, kein Specht und keine Eichhörnchen verursachten Geräusche. Die Bäume rauschten nicht im Wind.

»Habt ihr das gerade auch gespürt?«, fragte Richard.

»Was denn?«, fragte Ado.

»Irgendwie hatte ich eben das Gefühl, als würde uns jemand folgen.« Richard schrie ein kräftiges: »Hallo?«

Alles blieb ruhig.

»Hab mich wohl getäuscht.« Er wusste, dass das nicht stimmte.

Der Pfad wurde nun weniger ausgetreten, von beiden Seiten ragten Büsche hinein. Das war der nächste Punkt, der Richard Unbehagen brachte. Er wollte auf keinen Fall, dass sie sich in diesem Wald verirrten. Wenig später fiel der Hang wieder ab. Die Enge des Gestrüpps nahm zu. Schlimmer noch, es war mit Dornen besetzt. Bald war ihr Weg nur noch ein undeutlicher, schmaler Erdstreifen auf dem Boden. Es dauerte nicht lange, bis Büsche und Sträucher ihnen endgültig den Weg versperrten. Dennoch versuchten sie, sich durchzukämpfen. Richard ging dabei mit seinem Schwert voran. Odulf äußerte inzwischen laute Zweifel daran, ob das Mädchen sie überhaupt in die richtige Richtung brachte oder ob sie nicht einem falschen Pfad folgten. Richard warf ein, dass dieser Pfad der einzige Hinweis war, den sie hatten und dem sie nun folgen mussten. Trotzig kämpfte sich daraufhin Odulf durch das Gestrüpp weiter.

Endlich ließen sie das dichte Unterholz hinter sich, die Markierung des Pfades wurde wieder deutlicher. Sie konzentrierten sich auf ihn wie Fährtenleser, die einem wilden Tier hinterherjagten. Einer Fährte, die sie zu etwas führte, was sie satt machte. In ihrer Anspannung merkten sie nicht, wie allmählich der Boden unter ihnen wieder anstieg, flache Abschnitte einem steilen Relief wichen. Die Blicke gesenkt, gingen sie immer weiter.

Doch schließlich mussten sie feststellen, dass sie nur noch ein paar erdigen Flecken auf dem Boden folgten. Moos hatte den Pfad inzwischen größtenteils überwuchert. Insekten schwirrten um ihre Köpfe. Morast quietschte unter ihren Sohlen. Richards Stiefel versank im weichen Boden. Schlammige Erde ergoss sich in den Schaft, lief hinein Mit einem missmutigen Blick zog er unter einiger Kraftanstrengung den Fuß aus dem Matsch, betrachtete den Schmutz an seinem Stiefel und versuchte, ihn mithilfe des Mooses wieder halbwegs sauber zu bekommen. Er fluchte.

Ado und Odulf blieben stehen, nahmen das Mädchen in ihre Mitte und betrachteten

Richards Stiefel. Erst jetzt fiel ihnen auf, dass sie den Hang des Poppenbergs erreicht hatten. Vor ihnen bedeckten lockere Steine den Pfad.

»Ist euch schon aufgefallen, wie still es geworden ist?«, fragte Odulf. »Außer diesen Mücken hört man nichts. Nicht mal den Wind.« Er wedelte mit den Händen, verscheuchte einen Schwarm, der um seinen Kopf kreiste.

Als sie weitergingen, hatten die Männer in ihren Kettenrüstungen Schwierigkeiten, auf dem lockeren Untergrund nicht abzurutschen, schwerfällig bewegten sie sich vorwärts, nur das kleine Mädchen kam geschmeidig und flink voran.

»Das fühlt sich nicht richtig an«, sagte Odulf zum wiederholten Mal und zog seinen Fuß zurück, als das Geröll unter ihm nachgab. »Vielleicht hätten wir lieber einen anderen Weg gehen sollen.«

Richard spuckte auf den Boden. »Und welchen? Weißt du, wo wir hin müssen? Das weiß nur dieses Mädchen.«

Er packte sie am Arm. »Nicht so schnell, junge Dame! Wir sind deutlich schwerer bepackt als du!« Entschlossen suchte er weiter nach Stellen, die den Pfad deutlicher markierten.

Mit jedem Schritt versanken ihre Stiefel im Schotter.

Nach einer Weile wurde das Bergrelief felsiger, und ihre Kletterkünste waren gefragt. Schon bald mussten sie von einem Felsvorsprung zum nächsten springen, karges Gebüsch wuchs dort. Das war gefährlich, da man dabei nicht mehr wie bisher den Untergrund auf seine Festigkeit prüfen konnte. Ein paar Mal kamen alle vier ins Wanken. Dann erreichten sie eine Stelle, an der sich eine große Lücke zwischen den Felsvorsprüngen gebildet hatte. Sie blieben einen Augenblick lang stehen, um nach einer Lösung für die Überquerung zu suchen. Sich beim Sprung nicht der Gefahr eines Sturzes auszusetzen, erschien unmöglich. Richard schlug sich mit seinem Schwert durch das Gestrüpp, um zu testen, ob es einen anderen Weg gab. Die Dornen belehrten ihn eines Besseren. Daher sprangen sie. Zu ihrem Glück verletzte sich niemand.

Sie gingen weiter, bis sie auf einmal an einen kleinen Bergweiher kamen. Der Pfad führte sie genau darauf zu, das Blau glitzerte schon von Weitem. Nach kurzer Zeit erreichten sie einen kleinen Felshang, der die Böschung des flachen, weitläufigen Ufers bildete. Sie beschlossen, dort zu rasten, wo ein Bach mit klarem Wasser in den Weiher mündete.

Sie nahmen mit ihren zu Schalen geformten Handflächen ein paar Schluck von dem reinen Wasser und füllten ihre Trinkflaschen auf.

Nach der Rast setzten sie ihren Weg fort. Doch plötzlich blieb Ados Schuh an einem Stein hängen, er stolperte, stürzte und zog Richard mit sich, dessen Trinkflasche aus dem Gürtel rutsche. Das klare Bachwasser ergoss sich auf den Pfad.

»Ado!« Richard fluchte.

»Es tut mir leid, Herr, dieser Weg … aber ich gebe zu, es war komplett meine Schuld! Gebt mir Eure Flasche, ich werde sie für Euch auffüllen, wir sind noch nicht weit vom Weiher entfernt.« Er streckte die Hand auf, um Richard aufzuhelfen, aber dieser schlug das Angebot mit einem bösen Blick aus und rappelte sich mühsam auf. Die Kettenrüstung schränkte seine Bewegungen ein.

»Ihr wartet hier«, befahl er, drehte sich um und ging den Weg, den sie gekommen waren zurück. Nur wenig später näherte er sich dem Weiher vom breiten Ufer her. Von einem Felsvorsprung aus tauchte er seine Flasche in den See. In diesem Moment hörte er hinter sich ein lautes Rascheln, wie die flinken Bewegungen eines kleinen Tieres im Unterholz. Richard drehte sich erschrocken um, konnte aber nichts entdecken. Wieder hielt er die Flasche ins Wasser. Selbst seine eigenen Atemgeräusche jagten ihm auf einmal Angst ein.

Als seine Flasche gefüllt war und er sie verschließen wollte, verkrampfte sich plötzlich alles in ihm. Da war es wieder. Dieses Gefühl, dass er schon einmal beim Anstieg gehabt hatte. Für einen Moment stockte ihm der Atem. Irgendetwas war hinter ihm. Aber keiner seiner Begleiter. Etwas kam hinterrücks durch das niedrige Gras auf ihn zu. Mit sehr kleinen Schritten.

Jetzt erst drehte sich Richard um. Wie gelähmt sah er undeutlich, wie ein großes Rudel Ratten raschelnd auf ihn zu wuselte. Etwa fünfzehn Schritte von ihm entfernt. Nein, nicht einer. Es waren zwei. Sie kamen von links und rechts, wie um ihn einzukreisen. Langsam, aber zielgerichtet auf ihn zu. Sofort ließ Richard die Flasche fallen und griff nach seinem Schwert.

Richard blickte zum Rudel rechts hinüber. Gerade noch hatte es so ausgesehen, als würde das an ihm vorbeiziehen. Nun kamen die Ratten bedrohlich auf ihn zu. Wie Ameisen, die gemeinsam auf die Jagd nach einem viel größeren Insekt gingen. Sie schienen sich zum Angriff zu formatieren, auf einen unachtsamen Moment ihrer Beute lauernd.

Er bemerkte, dass das Rudel auf der linken Seite nähergekommen war, etwa auf zehn Schritte Entfernung Die Ratten bildeten lange Furchen im Gras, breiteten sich aus und schnitten ihm dadurch tatsächlich den Weg ab. Jetzt konnte er sie deutlich sehen: In ihren bedrohlich aufgerissenen Mäulern glaubte er, ihre messerscharfen Zähne erkennen zu können. Die Ratten, die ihren Angriff zu koordinieren schienen, bewegten sich nun als eine Armee auf ihn zu. Reflexartig trat Richard einen Schritt nach hinten ins Wasser. Es waren einfach zu viele, um sich mit dem Schwert verteidigen zu können.

Einen Moment dachte er darüber nach, Odulf und Ado um Hilfe zu rufen. Nein, sie würden ihn für verrückt erklären.

Das Rascheln wurde lauter. Das Trampeln vieler kleiner Füße im Gras. Es war, als wären diese furchteinflößenden, bösartigen Wesen der Hölle entstiegen. Sie schienen ihn bösartig anzugrinsen. Richards Herz pochte unregelmäßig. Die Tiere rückten unaufhaltsam immer näher an ihn heran, noch sieben oder sechs Armlängen ... Wind kam auf, der die Zweige der Bäume rascheln ließ.

Er schloss die Augen. Als er sie öffnete, waren die Ratten schon fast auf drei Armlängen herangerückt.

Mit einem Bein im Wasser wurde ihm plötzlich bewusst, dass er durch den Weiher nicht ausweichen konnte. Ratten waren gute Schwimmer oder etwas nicht? Und er würde die Kettenrüstung ablegen müssen. Bewegungen, die ihn Zeit kosteten. Er musste einen Weg finden, an ihnen vorbei zu entkommen. Im letzten Moment, bevor die Ratten ihn erreichten, watete er aus dem Weiher ans Ufer, scherte nach rechts aus, wo die Tiere nicht ganz so dicht aneinandergedrängt vorrückten wie auf der linken Seite. Schnell lief er durch ihre Reihen.

Die Ratten, änderten jetzt die Richtung, nahmen Tempo auf, wussten genau, was er vorhatte. Sie wollten ihn nicht entkommen lassen.

Richard kämpfte gegen seine Furcht an, lief weiter und sah aus den Augenwinkeln, wie die Ratten jetzt unmittelbar an seinen Füßen waren. Sie trieben ein übles Katz- und Mausspiel mit ihm. Schon meinte er, ihre scharfen Zähne in seinem Fleisch zu spüren. Keuchend lief er weiter.

Die Böschung lag nun direkt vor ihm. Und dann geschah es. Sein Schuh blieb an irgendetwas hängen. Er verlor das Gleichgewicht, stürzte zu Boden. Das Gewicht der Kettenrüstung und des Schildes auf dem Rücken verbunden mit einem panischen Schrecken presste seinen Körper geradezu auf den Untergrund. Auf Händen und Knien versuchte er, weiter zu kriechen, doch er steckte fest. Sein rechter Fuß hatte sich verkeilt. Stoff an seiner Hose zerriss. Genau dort, wo er im selben Moment einen stechenden Schmerz spürte. Der Biss einer Ratte?

Verzweifelt drehte und wand er seinen Fuß, konnte auch den Stiefel nicht ausziehen, so ungeschickt steckte er fest. Dann endlich gelang es ihm, sich zu befreien. So schnell er nur konnte, rannte er die Böschung hinauf, in den Wald hinein. Völlig erschöpft ging er hinter einem Felsvorsprung zu Boden.

Bei Gott, dachte er.

Keuchend blickte er hinter dem Felsvorsprung hervor. Es war ruhig. Kein Biegen des Grases. Kein Trappeln kleiner Füße. Keine Bewegungen. Lediglich die Bäume wiegten sich sanft im Wind. Nichts und niemand schien Notiz von ihm zu nehmen. Er untersuchte seine Wade. Ein Riss durchzog den Stoff des rechten Hosenbeins. Es sah aus, als sei er durch ein

Dickicht aus Dornensträuchern und scharfen Ästen gerannt.

Was war nur geschehen?

Er wartete einen Augenblick, bis sich sein Atem normalisiert hatte. Dann ging er langsam an den Rand der Böschung zurück, beobachtete das Ufer. Alles war so, wie er es vorgefunden hatte, als er seine Flasche ins Wasser tauchte. Wo waren die Ratten? Obwohl er keine Gefahr mehr erkennen konnte, nahm er nicht den direkten Weg zu seiner Trinkflasche, die er während seiner Flucht hatte fallen lassen. Dabei ließ er das Ufer nicht aus den Augen. Dummer Idiot! Wie wollte er seinen beiden Begleitern beweisen, was passiert war?

Während er seine Flasche auffüllte, suchte Richard krampfhaft nach einer Erklärung.

Ich verliere den Verstand.

Als er sich halbwegs beruhigt hatte, fiel es ihm leichter, einen klaren Gedanken zu fassen. Auf keinen Fall durfte er seine Geschichte Odulf und Ado erzählen. Sie würden ihn sofort für verrückt erklären. Er hatte sich etwas eingebildet. Etwa Schlimmes. Aber es war nur in seinem Kopf gewesen. Sein Erlebnis am brennenden Scheiterhaufen in Hameln und die Stimmen im Kerker kamen ihm in den Sinn. Die Anspannung musste der Auslöser für diese Einbildungen gewesen sein. Die Kinder, die Ungewissheit, ob er erfolgreich sein würde, seine Zukunft, die auf dem Spiel stand.

Er spuckte auf den Boden. Er musste sich etwas einfallen lassen, um diese Wahnvorstellungen in den Griff zu bekommen. Und zwar schnell.

Er kehrte zu seinen Begleitern zurück, ohne sich etwas anmerken zu lassen, und seine beiden Söldner fragten nicht, wo er so lange geblieben sei. Wortlos setzten sie ihren Marsch fort. Sigrun führte sie eine Zeit lang weiter auf dem Pfad entlang, bis der erneut im Wald verschwand. Kaum aber waren sie in die Schatten der Fichten und Tannen eingetaucht, überkam Richard wieder das inzwischen vertraute Unbehagen. Was, wenn man sie tatsächlich verfolgte?

Nein! Da ist nichts! Kein Rascheln im Unterholz, nichts!

Die Stechmücken schwirrten ununterbrochen um sie herum, und Richard bemühte sich, sie zu ignorieren, konzentrierte sich nur darauf, einen Fuß vor den anderen zu setzen. Die Routine lenkte ihn von den Ratten ab, aber warf neue Fragen auf.

Wie weit mochte der Rattenfänger mit den Kindern gezogen sein? Welchen Teil der Strecke hatten sie schon zurückgelegt?

Nicht auszuschließen, dass sie langsamer vorankamen, als man für den Weg gewöhnlich brauchte. Immerhin bewegten sie sich mit ihren Kettenrüstungen schwerfällig und träge. Aber was, wenn die Kleine Unsinn erzählte? Er erkundigte sich noch einmal bei dem Mädchen nach dem Ort, an dem die anderen Kinder verschwunden waren. Aber Sigrun zeigte nur erneut auf den Pfad.

»Gut«, sagte Richard. »Wir warten, bis die Sonne direkt über den Spitzen der Tannen steht. Wenn wir dann noch nicht angekommen sind, brechen wir den Marsch ab.«

Natürlich wollte er ans Ziel, mit oder ohne Rüstung, ertrug aber die Vorstellung nicht, eine Nacht im Wald verbringen zu müssen. Inzwischen spielten ihm wieder seine Augen Streiche, zeigten Gesichter in Baumstämmen, wie stumme Wächter eines Geheimnisses, das dieser Wald verbarg.

»Ich glaub, wir wandern noch viele Meilen über diesen Berg«, sagte Odulf plötzlich.

»Wie kommst du zu der Annahme?«, fragte Ado.

»Nur Felsen, Bäume, Wald. Wir sind mittendrin«, erwiderte Odulf. »Ein Ende ist aber nicht in Sicht. Wir sollten jetzt schon umkehren.«

»Unser Herr hat bestimmt, noch ein wenig zu warten. Dann sehen wir weiter.«

Richard schwieg, in Gedanken vertieft. Er blickte einmal mehr in die Richtung, in die der Pfad sie führte. Dort erstreckte sich ein trostloses, vermodertes Waldstück aus morschen Bäumen, totem Unterholz. Nach seiner Einschätzung mithilfe der Karte müssten sie schon bald auf der anderen Seite des Berges angelangt sein. Vielleicht mit dem nächsten Hangabstieg.

Doch auch als die Sonne die Tannenspitzen berührte, hatten sie den Abstieg noch nicht begonnen. Sie rasteten ein letztes Mal, bevor sie umdrehen wollten und machten sich klar, welche Möglichkeiten sie hatten: Sie könnten weiterhin dem Pfad schwerfällig folgen. Sie könnten ihre Ausrüstung ablegen und riskieren, bei einem Angriff ungeschützt zu sein. Oder sie könnten einfach umdrehen, so wie es Richard vorgeschlagen hatte.

»Ich will diesen Marsch endlich hinter mir haben«, sagte Odulf. »Ich ertrage den unebenen Boden, den modrigen Gestank, die Stechmücken nicht mehr, und hier übernachten möchte ich ebenso wenig. Wir haben keine Ahnung, ob es hier Bären gibt.«

Ado grinste. »Dir steckt dieses Schauspiel, das du kürzlich gesehen hast, noch in den Knochen, gib's zu!«

»Welches Schauspiel?«, wollte Richard wissen.

»Schatzsucher durchqueren den Wald und werden von Bären angegriffen. Das Schauspiel wurde auf dem Markt zu Braunschweig gegeben«, erklärte Ado.

»Hier gibt es nicht einmal einen flachen Pfad, um wenigstens etwas leichter voranzukommen«, entgegnete Odulf.

»Ihr seid verwöhntes Pack«, murmelte Richard. »Also gut. Nachdem wir hier nicht weiterkommen, suchen wir direkt die *Teufels Küche* auf. Der Karte zufolge …« Er brach ab, denn Sigrun zupfte an seinem Kettenhemd und zeigte erneut auf den Pfad. Sie schien zur Eile zu drängen.

Richard änderte seine Meinung. »Irgendetwas scheint sie uns mitteilen oder zeigen zu wollen. Ich fürchte, wir können hier nicht abbrechen.«

»Na toll!«, sagte Ado. »Wie lang soll das noch so weitergehen?«

»Eigentlich müssten wir die andere Seite des Berges bald erreicht haben«, antwortete Odulf. »Dann nehmen wir halt dieses letzte Stück noch auf uns.«

Eine weitere gefühlte Ewigkeit verging. Doch Richard blieb stur. Um seine beiden Söldner auf andere Gedanken zu bringen, unterhielt er sich mit ihnen über das letzte Turnier, das er bestritten hatte.

Dann wurde ihr Marsch endlich leichter. Der Untergrund wurde flacher. Stechmücken waren nur noch vereinzelt zu finden. Der Boden wurde hart, der Wald lichtete sich.

Und dann endlich war es so weit. Sie kamen auf eine Lichtung, und das Mädchen blieb stehen.

»Hier ist es also passiert?« fragte Richard zweifelnd.

Sigrun versuchte, ihm mit einigen Handzeichen etwas deutlich zu machen. Sie schien einen dieser Zauberer zu imitieren, die mit ihren Wagen durch die Städte zogen. Ihrer Darstellung nach schien es so, als hätten sich die Kinder und der mysteriöse Rattenfänger in Luft aufgelöst. Weder Richard, noch Ado oder Odulf mochten dem einen Sinn entnehmen.

»Ein Jammer, dass sie nicht sprechen kann«, sagte Odulf.

»An diesem Ort muss etwas Übernatürliches passiert sein«, sagte Ado.

»Sind die Kinder tot?«, fragte Richard das Mädchen.

Es zuckte mit den Achseln.

»In welche Richtung sind sie dann?«

Das Mädchen drehte seinen Zeigefinger im Kreis.

»Vielleicht hat sich die Schar hier aufgeteilt«, mutmaßte Richard. »Dann müssen wir die Umgebung nach Spuren untersuchen. Geht ihr dort in diese Richtung, ich sehe mich hier drüben um.«

Richard bedeutete Sigrun, ihm zu folgen, während Ado und Odulf in die entgegengesetzte Richtung gingen, bis auch sie getrennt weitersuchten.

Mit dem Schwert arbeitete sich Richard durch das Unterholz. Einige Male bückte er sich, um eine vermeintliche Spur genauer zu untersuchen. Als er einen Zweig zur Seite schob, fand er tatsächlich auf dem Moos, das den Boden bedeckte, Anzeichen eines Fußabdrucks, der ihm aber nicht eindeutig erschien. War es der eines Kindes? Eines Erwachsenen? Sigrun schien zu ahnen, was er wissen wollte und zuckte wieder mit den Schultern. Er starrte einen Moment auf die vermeintliche Spur und suchte dann weiter.

*

Ados Spurensuche verlief erfolglos. Schon nach kurzer Zeit brach er sie ab und kehrte um. Als er zu seinem Herrn zurückkehrte, fand er ihn regungslos im Unterholz stehend vor. Er reagierte nicht auf Ados Ansprache, sondern starrte mit einem unheimlichen Blick auf den Boden. Das Mädchen saß teilnahmslos auf einem Baumstumpf in der Nähe.

»Hochwohlgeboren, hab Ihr eine Spur entdeckt?«, fragte Ado erneut.

Richard antwortete nicht.

»Hochwohlgeboren … ist alles in Ordnung?«

Richard zuckte zusammen. »Ja«, murmelte er undeutlich.

»Odulf und ich haben nichts gefunden. Wie lange braucht Ihr noch?«

»Nicht mehr lange.«

»Glaubt Ihr wirklich, dass wir hier etwas finden?«

»Es schadet nicht zu suchen«, sagte Richard.

»Habt Ihr denn etwas gefunden?«

»Noch nicht.«

»Ich frage nur noch einmal, weil Ihr hier steht und auf den Boden starrt.«

»Das tut man eben, wenn man nach etwas sucht.«

»Ist alles in Ordnung?«, fragte Ado. »Ihr kommt mir ein wenig …«

»Mir geht es bestens!«, sagte Richard energisch, sah kurz hoch, aber dann fixierte sein Blick wieder den Boden.

»Kein Problem. Dann lasse ich Euch noch ein wenig hier stehen.« Mit einem missmutigen Gesichtsausdruck drehte Ado sich weg und machte Anstalten zu gehen. Wenn sein Herr keine Auskunft geben wollte, dann eben nicht.

»Du hast mich eben aus der Konzentration gebracht«, hielt Richard ihn zurück. »Ich war gerade dabei, eine Vorstellung zu entwickeln, was hier geschehen sein könnte. Der Eindruck ist jetzt wie weggewischt. Und das alles nur deinetwegen!«

Verschämt drehte sich Ado um. »Hochwohlgeboren, ich bitte um Verzeihung! Ich wollte nicht …«

»Ado, ich bitte dich um eines: Wenn du siehst, dass ich beschäftigt bin, dann sprich mich nicht an! Hast du das kapiert?«

»Ja, Hochwohlgeboren.«

»Also lass mich jetzt bitte allein! In Ordnung?«

»Tut mir leid!« Ado nahm Sigruns Hand und zog sie mit sich. Irgendetwas stimmte mit seinem Herrn nicht, und das Mädchen sollte momentan lieber nicht in dessen Nähe sein. Ado selbst beschloss, die Situation auszusitzen. Irgendwann musste Richard seine Spurensuche beenden. Und dann würde er hoffentlich wieder normal reagieren.

Zurück auf der Lichtung traf er auf Odulf. Es war bereits nach Mittag, und die beiden beschlossen, das Essen herzurichten. Ado schlug Holz mit seiner Axt, Odulf entzündete ein Lagerfeuer mit seinem Feuerstein.

Doch ihr Herr kam nicht. Allmählich machten sich beide Sorgen. Wenn er eine Spur gefunden hatte, konnte er sie doch rufen. Ado versuchte, seine Befürchtungen zu verdrängen. Aber es gelang ihm nicht. Es schien so, als würde eine innere Stimme zu ihm sprechen, eine bösartige innere Stimme.

Du bleibst in diesem Wald! Du kommst nicht mehr weg!

Der Poppenberg glich einem Geisterwald. Hinter jedem Baum konnte sich irgendetwas Bösartiges verstecken.

All diese Geister und Gespenster waren keine Menschen. Es handelte sich um Dämonen aus einer Unterwelt. Wesen, nicht an Zeit und Raum gebunden. All das, was die Kirche als Diener des Teufels bezeichnete.

Und wie dachte er selbst darüber? Er wusste es nicht.

Ado befürchtete, dass ihm eine unruhige Nacht bevorstand. Er fragte sich, ob Richard sich gar in den Mythos des Rattenfängers einreihen wollte, in dem er freiwillig zu einem der Geister wurde.

*

Ados Benehmen erinnerte Richard an die Zeiten, als er getrunken und Ado ihm hinterher spioniert hatte. Ständig war ihm Ado mit seinen Fragen auf die Nerven gegangen.

»Wo geht Ihr hin?«

»Was macht Ihr dort?«

»Wollt Ihr wieder trinken?«

»Wann kommt Ihr wieder?«

Dieses ewige Nachbohren hatte Ado schon immer gepflegt, manchmal derart aufdringlich, dass Richard ihm am liebsten eine Ohrfeige gegeben hätte. Es drängte sich in sein Leben, und das wollte er nicht. Und es verursachte bei ihm Kopfschmerzen.

Nach einer Weile vergaß er die Welt wieder um sich herum und kam erst zu sich, als die Sonne schon tief stand. Verwirrt kehrte er zum Lagerplatz zurück und setzte sich wortlos zu den anderen, die schon das Essen vorbereitet hatten.

»Wir haben uns Sorgen gemacht, Herr«, sagte Odulf. »Ihr wart lange fort.«

Richard ging nicht darauf ein. »Wir müssen weiter zur *Teufels Küche*, aber da es schon spät geworden ist, müssen wir das morgen angehen. Wir werden hier übernachten.«

Ado machte den Mund auf, um zu protestieren, schloss ihn aber sogleich wieder. Anscheinend wurde ihm bewusst, dass dies die einzige vernünftige Option war.

Sie schlugen das Nachtlager auf. Ados Leinentuch wurde an umliegenden Bäumen aufgespannt, dann legten sich alle bis auf Ado, der die erste Wache übernahm, darunter.

6. Kapitel

Richard sah sich selbst als kleiner Junge. Wie er inmitten seiner Spielsachen saß, auf seinen Vater wartete. Auf das Bierhol-Spiel, den bestialischen Alkoholdunst.

Da seine Mutter sich langweilte und ihren Sohn nicht beachtete, versuchte Richard, sich selbst zu beschäftigen. Er wartete darauf, dass sein Vater auf die Burg zurückkehrte und mit Richard spielte. So wie er es ein paar Mal gemacht hatte, als Richard noch ganz klein gewesen war. Doch das passierte schon lange nicht mehr. Wenn sein Vater nach Hause kam, meistens mit einem Krug Bier in der Hand, warf er Richard nur einen kurzen Blick zu. Und beschäftigte sich umgehend mit seinem Weib.

Manchmal wandte sein Vater sich mit Aufforderungen wie »Fülle mir meinen Krug auf!« an Richard. Ein Spiel, das Richard nicht wirklich mochte. Denn wenn er den Wünschen seines Vaters nachgekommen war, gab es nicht einmal einen Dank, sondern die Aufforderung, Richard solle sich davonmachen.

Wie Richard später erfuhr, beutete sein Vater zu dieser Zeit die ihm untergebenen Bauern rücksichtslos aus. Das war langfristig der Grund dafür, dass viele von ihnen starben und die Einnahmen immer weiter zurückgingen.

Damit begann auch die Zeit, in der sich seine Mutter und sein Vater immer häufiger stritten. Er erinnerte sich an die Abende, an denen er in seinem Bett lag und die beiden sich in der Kammer nebenan gegenseitig anschrien. Seine Mutter wollte sich nicht in die gesellschaftliche Rolle der Ehefrau fügen, wie man es von ihr erwartete. Schließlich war sie es, die das Lehen ihres eigenen Vaters übernommen hatte, von dessen Grundlage sie lebten. Insgeheim fürchtete Richard sich davor, dass sich seine Eltern trennen könnten.

Ihm fiel auf einmal wieder ein, wie er seinen Vater verloren hatte. Er war jetzt schon sechs Jahre alt. Es war das bis dahin einschneidendste Erlebnis in seinem noch jungen Leben gewesen. Sein Vater war weggegangen. Wie in den Zeiten, als er regelmäßig durch das Land gezogen war, hatte er seine Tasche gepackt. Doch an jenem verhängnisvollen Tag hatte er sie ungewöhnlich vollgepackt. Das war Richard sofort aufgefallen. Seiner Mutter hingegen nicht.

Es war beim Abendessen geschehen. Die Tasche war noch im Schrank im Schlafzimmer gestanden. Sein Vater hatte ein wenig angespannt gewirkt. Er hatte seinen Sohn und seine Frau intensiv angeschaut. Als er aufgegessen aufs Pferd gestiegen war, hatte er unvermittelt gesagt: »Ich muss etwas erledigen.« Weder Richard noch seine Mutter hatten sich zunächst etwas dabei gedacht. Als er auch nach langer Zeit noch nicht zurückgekommen war, hatte sich seine Mutter zunächst ein wenig gewundert. Es sei ihm wahrscheinlich ein Bekannter über den Weg gelaufen, hatte sie gemeint; also hatten Mutter und Sohn noch eine weitere Stunde gewartet, bis die Sorgen an ihr nagten. Richard aber hatte instinktiv begriffen, dass er seinen Vater nicht wiedersehen würde.

Aufgebracht und wütend war seine Mutter durch die Burg gelaufen. »Wenn dieses Schwein sich jetzt verdrückt, braucht er nicht wiederzukommen!«, hatte sie geschrien. Nach einer weiteren Stunde hatte sie ihre Knechte auf die Suche geschickt, hatte bei ihren Untertanen nachfragen lassen, doch niemand hatte Richards Vater gesehen. Er war auch die Nacht über nicht zurückgekommen. Genauso wenig wie am folgenden Tag und an den nächsten Tagen.

Plötzlich nahm Richard eine Stimme wahr.

»Mein Sohn!«

Die seines Vaters. War der etwa zurückgekehrt? Euphorie stieg in Richard auf.

»Töte sie, Richard! Du musst sie töten! Mathilde und auch deine Begleiter. Nur so kannst du Frieden finden. Indem du tötest, was du glaubst zu lieben. Odulf und Ado haben sich gegen dich verschworen. Das werden sie immer wieder tun, solange du sie nicht tötest. Sie lassen dich zugrunde gehen. Deine frühere Geliebte hat dich zugrunde gehen lassen. Ja, so ist es. Sie ist eine verdammte Hexe. Schlag auf sie ein, so kräftig du kannst! Trink erst mal einen Wein! Töte sie, Richard! Du musst sie alle töten! Sie und auch deine Begleiter. Nur so kannst du Frieden finden. Indem du sie tötest!«

Die Stimme wurde lauter, aber auch tiefer, bis sie schließlich nicht mehr menschlich erschien. Sie war nicht länger diejenige seines Vaters, sondern die eines Dämons, wenn nicht die des Teufels persönlich.

»Nein!«, schrie Richard. »*Du* hast mich im Stich gelassen! Ich will dich nie mehr sehen! Nie wieder! Du existierst für mich nicht mehr!«

Er hatte doch mit seinem Vater abgeschlossen! Ihn doch aus seinem Gedächtnis gestrichen! Er hasste ihn. Warum tauchte er jetzt wieder auf?

»Stirb! Stirb! Ich will, dass *du* stirbst!«, brüllte er so laut, dass er die unmenschliche Stimme übertönte.

Das Bild von ihm als kleiner Junge verschwand.

Urplötzlich stand Richard in einer Kirche. Jener Kirche, in der sein Leben eine weitere schicksalhafte Wendung genommen hatte. Vor ihm lag der übel zugerichtete Priester. Blut verschmierte den Boden und des Priesters Gewand, Bierdunst lag in der Luft. Nur schwach drang Mondlicht von der Eingangspforte herein. Alles war ruhig, nichts rührte sich. Richard bekam Angst. Langsam ging er ein paar Schritte weiter auf den Priester zu. Kniete sich hin. Streckte die Hand aus und berührte die Schulter des Geistlichen.

Ruckartig drehte sich der Priester um. Anstelle seiner Augen starrte Richard schimmerndes Weiß entgegen. Dennoch wirkte es so, als würde der Geistliche ihn fixieren. Erschrocken zog sich Richard zurück.

»Ihr habt mich umgebracht!«, sagte der Priester mit einer äußerst tiefen, kaum noch menschlichen Stimme.

»Es tut mir leid! Ich ...«, stotterte Richard.

»Ihr habt mich umgebracht!«, wiederholte der Priester.

Plötzlich war er auf den Beinen, ging langsam auf Richard zu, der zurückwich. Die verwesenden Hände wollten ihn packen, die langen Finger standen verwinkelt ab, als ob man sie mehrmals gebrochen hätte. »Ihr habt mich umgebracht!«, wiederholte er immer wieder.

Er roch nach dem toten Kadaver eines Tieres.

Er bekam Richard zu fassen, der stieß ihn angewidert weg, drehte sich um, wollte davonlaufen, stolperte und ging zu Boden. Unbeirrt schritt der Priester weiter auf ihn zu. Wie gelähmt sah Richard sich nach einer Waffe um und entdeckte, schwach vom Mondlicht beleuchtet, sein Schwert in einer Ecke der Kirche, unweit von ihm. Hastig kroch er zu ihm hinüber.

»Ihr habt mich umgebracht!«, hörte er die Stimme hinter sich.

»Ich werde es jetzt zu Ende bringen!«, rief Richard. Er erreichte das Schwert und packte fest zu. Es war schwerer, als er es in

Erinnerung hatte und verlieh ihm sofort ein Gefühl von Macht. Das eines Kaisers über einen Sklaven. »Ich werde es jetzt zu Ende bringen!«, wiederholte Richard entschlossen. Er würde diesem Dämon ein für alle Mal den Garaus machen. Aus seiner Vergangenheit vertreiben. Er stand auf und drehte sich um, bereit auszuholen.

Als der Priester erneut die krummen Finger nach ihm ausstreckte, versetzte Richard ihm einen gezielten Fußtritt, was den Geistlichen zurück taumeln ließ. Mit einem Anfall maßlosen Zorns ging Richard auf ihn zu, hob das Schwert und ließ es mit geballter Kraft auf den Schädel des Priesters sausen. Hart drang es ein. Ein tiefer Schrei gellte in Richards Ohren. Der Getroffene ging auf die Knie. Blut floss aus der Schädelwunde über sein Gesicht. Doch er war nicht tot.

»Gnade! Bitte habt Gnade!«, flehte er.

»Ich werde Euch ein für alle Mal in den Boden stampfen!«, rief Richard. »Ihr habt mein Leben zerstört!«

Erneut holte er aus, stieß sein Schwert ein weiteres Mal in den Schädel. Aber der blutgetränkte Körper fiel nicht um. Immer wieder schlug Richard zu, bis das Gesicht seines Opfers nicht mehr zu erkennen war. Eine rote, zähflüssige Masse klebte am

Schwert. Richards Sicht wurde unklar, was er dem Blut seines Gegners zuschrieb, das Richard ins Gesicht spritzte, nur wenig später verwandelten sich die Geräusche, sein eigenes schweres Atmen, das Niedersausen des Schwerts, die Schreie des Priesters, in ein dumpfes Hallen.

Dann hob die entstellte Gestalt ein letztes Mal ihren Kopf. Richard holte erneut aus und erkannte in diesem Moment die Gesichtszüge von Ado hinter der Maske aus Blut und zerfetztem Fleisch.

»Hochwohlgeboren!«, hörte er dessen schwache Stimme.

Zutiefst erschrocken, versuchte er, den Schlag abzubrechen. Aber es war zu spät. Der Hieb drang in Ados Kopf, und sein Söldner stürzte auf die Knie, kippte zur Seite und blieb liegen. Im selben Moment glaubte Richard, um sich herum ein Lachen zu hören.

*

Schreie hatten Ado erschreckt. Er hatte während seiner Wache nicht bemerkt, wie sein Herr sich vom Lager entfernte. Kein Zweifel, Richard musste einen Alptraum haben. Aber warum befand er sich nicht unter dem Unterstand? Er konnte sich nur während des Schlafs davongemacht haben.

Als er mit der Suche beginnen wollte, erkannte er im Licht des Mondes seinen Herrn, der nicht weit entfernt im Gras hockte.

»Ado? Bist du das?« Sein Herr kauerte weinend auf dem Boden, er hatte sein Gesicht mit den Händen bedeckt. Als er sie senkte, konnte Ado sogar im Mondlicht sehen, wie blass er war.

»Hochwohlgeborgen, was ist passiert? Ihr seht nicht gut aus, was macht Ihr hier nur?« Fürsorglich kniete sich Ado zu ihm. Legte die Hand auf den Oberarm seines Herrn, der am ganzen Körper zitterte und vollkommen verwirrt zu sein schien. Im nächsten Moment konnte Ado das Gesicht seines Herrn deutlicher sehen. Er fand Verzweiflung vor, wie die eines Tieres, das in eine Falle geraten war, aus der es sich nicht mehr zu befreien vermochte. Jenes Gesicht, das sein Herr so oft zu verbergen versuchte.

»Ihr müsst aufhören zu weinen«, sagte Ado erschüttert. Er hatte ihn noch nie in seinem Leben weinen sehen. Seinem Herrn hatten höchstens zwei- oder dreimal Tränen in den Augen gestanden, wenn er sich für eine schlimme Tat geschämt hatte. Wie beim Angriff auf den jungen Priester. Doch in der Regel gelang es seinem Herrn, diese Gefühle geschickt zu verbergen. Nun befürchtete Ado einen Rückfall in alte Zeiten.

»Hochwohlgeboren, ich …« Er begann in einem Tonfall, als ob er einen tieferen Sachverhalt zu erklären versuchte, als wolle er erklären, dass er befürchtete, sein Herr würde wieder in alte Gewohnheiten fallen, brach aber dann ab.

*

Richard hatte nicht gewusst, wo er sich befand.

Hatte den verwurzelten Waldboden unter sich gespürt, den Kopf in den Nacken gelegt und in den Sternenhimmel gesehen. Mit erhobenen Händen, als ob er sein Schwert immer noch halten würde. Schweißdurchnässt hatte er festgestellt, dass er es war, der geschrien hatte.

Wo war er? Was war geschehen? Er hatte aus Leibeskräften nach seinen Söldnern gebrüllt und plötzlich Ados Stimme gehört: »Hochwohlgeboren! Wo seid Ihr?«

Jetzt erst konnte er sich erinnern. Das alles war ein Traum gewesen. Sein Rücken schmerzte.

Tränen flossen über Richards Wangen. Beschämt darüber, dass er sich selbst nicht zu beherrschen vermochte, schlug er die Hände vors Gesicht. Er schluchzte.

Ado kniete neben ihn. »Ihr müsst aufhören zu weinen.«

Richard brachte zunächst kein Wort heraus. Seine Lippen zitterten.

»Hattet Ihr einen Alptraum? Was war denn los? Sagt mir doch, was Ihr geträumt habt!«

Richards Schluchzen ließ nach. Er wischte sich die Tränen vom Gesicht, versuchte, sich auf seine Aussage zu konzentrieren. »Ja, ein Traum«, sagte er. »Es war ein Traum. Aber er war so wirklich, dass ich beinahe … Ich habe geträumt, dass ich dich mit meinem Schwert hingerichtet hätte.«

Selbst im Mondlicht konnte er erkennen, wie blass Ado bei diesen Worten wurde. »So einen schlimmen Alptraum hatte ich noch nie! Es war grauenhaft! Das will ich kein zweites Mal erleben!«

»Seid Ihr hier draußen vor dem Lager eingeschlafen? Ich habe nicht bemerkt, dass Ihr euch entfernt habt.«

»Nein.« Richard richtete sich ein wenig auf. »Ich muss im Schlaf fortgegangen sein.«

»Hochwohlgeboren, das tut mir leid, dass ich das nicht bemerkt habe. Ich war so mit mir selbst beschäftigt ...« Ado brach den Satz ab.

»Wenn ich im Schlaf fortgehe, erklärt das wohl auch den Matsch, den ich vorgestern an meinen Schuhen entdeckt habe. Ich möchte lieber nicht wissen, wohin ich in jener Nacht gegangen bin oder was ich getan habe.« Richard erhob sich, drehte sich weg und ging zum Unterstand zurück.

»Ihr solltet euch bis zum Morgengrauen hinlegen«, sagte Ado, der seinem Herrn gefolgt war. »Dann können wir weiterreden.«

Richard war einverstanden.

Als sie am Lagerplatz angelangt waren, setzten sich beide auf den Boden. Odulf und das Mädchen schliefen in ihren Decken.

»Ado, ich kann mir nicht erklären, wie das passiert ist«, sagte Richard, der wusste, dass er keinen Schlaf finden würde, und das Bedürfnis hatte, sich zu erklären. »Ich könnte dir oder Odulf niemals etwas antun.« Mittlerweile hatte er sich etwas beruhigt.

Dennoch zitterte er immer noch leicht und starrte verwirrt in die Nacht.

In diesem Moment bewegte sich ein Schatten. Odulf war wach geworden. »Was ist denn los?«, wollte er wissen.

»Unser Herr hatte einen Alptraum«, antwortete Ado. »Nichts weiter.«

Richards starrer Blick wurde weicher. »Mir geht es gut, Odulf.« In Wirklichkeit fühlte er sich noch immer ein wenig hilflos. Die Dunkelheit, der scheinbar endlose Wald um sie herum, das Knarren der Bäume im leichten Wind. Nichts, was Sicherheit suggerierte.

»Wir fühlen uns alle angespannt«, sagte Odulf. »Für uns beide, Ado, spielt das Ergebnis der Suche keine Rolle. Aber unser Herr muss seine Ehre wiederherstellen, um wieder auf die Beine zu kommen.«

»Odulf und ich haben uns gestern noch über die Suche unterhalten«, sagte Ado zu Richard. »Wir hätten es Euch sagen sollen.«

»Über was habt ihr euch unterhalten?«, fragte Richard erstaunt. »Und was hat euch getrieben, es mir nicht mitzuteilen?«

»Wir haben nur darüber gesprochen, was wir über dieses Unternehmen denken«, sagte Ado ruhig. »Falls Ihr es exakt wissen wollt, wir haben uns auch kurz über Euch ausgetauscht.«

»Ja, wir sind uns bewusst, wie es um Euch steht«, sagte Odulf. »Dass die Situation für Euch momentan nicht leicht ist. Und dass wir eben mit drinstecken. Ob wir wollen oder nicht.«

»Das heißt also, ihr könnt euch mit dieser Suche nach den Kindern nicht anfreunden?«, fragte Richard, den das alles nicht mehr überraschte.

»Seht Ihr denn einen Fortschritt?«, fragte Ado. »Ihr redet übrigens im Schlaf. Das habt Ihr früher nie getan.«

»Wirklich?«, fragte Richard erstaunt und erschrocken zugleich. »Was habe ich denn gesagt?«

»Leider hab ich das meiste nicht verstanden«, sagte Ado. »Ich glaube es ging um Geister.«

Richard fühlte Scham in sich aufsteigen. »Bei Gott!«

»Das ist aber noch nicht alles«, sagte Ado. »Mir sind in letzter Zeit an Euch einige Gewohnheiten aufgefallen, die Ihr damals gepflegt habt, als Ihr getrunken habt. Zum Beispiel dass Ihr andauernd auf den Boden spuckt. Und immer diese Wutausbrüche.«

»Es tut mir leid«, sagte Richard. »Ich ... bin etwas durcheinander. Ist das denn verwunderlich in meiner Situation?

Ich habe vor dem Bürgermeister die Beherrschung verloren, weil er mich nicht zu Sigrun vorlassen wollte. Sie sei vom Teufel besessen, hat er gemeint. Macht es auf euch den Eindruck, als ob es vom Teufel besessen sei? Das Kind ist folgsam, lieb, hat nicht einmal versucht zurückzulaufen. Folgt allen unseren Anweisungen. Ich habe versucht, ihm deutlich zu machen, dass wir es auf unsere Suche unbedingt mitnehmen müssen. Und als er mir nicht entgegenkam, bin ich wütend geworden.«

»Hochwohlgeboren, darf ich Euch um eine ehrliche Antwort bitten?«, fragte Ado.

»Was ist denn?«

»Glaubt Ihr, dass uns jemand gefolgt ist?«

Richard dachte einen Moment nach. »Ich denke nicht. Wer sollte denn?«

»Vielleicht die Leute aus Hameln. Sie haben uns von ziemlich grausamen Vorfällen berichtet. Blutige Rituale, die vielleicht wirklich stattgefunden haben. Jedenfalls scheint es schon zahlreiche mysteriöse Vorfälle gegeben zu haben, die irgendwie mit dem Rattenfänger zusammenhängen.«

»Und das erzählt ihr mir erst jetzt?« Richard war außer sich. So etwas konnte man ihm doch nicht vorenthalten!

»Wir wollten Euch nicht noch mehr beunruhigen«, verteidigte Odulf ihr Verhalten. »Zum Teil sind obskure Dinge passiert. In Hameln hat mir ein Mann berichtet, er wolle einen Dämon auf dem Scheiterhaufen gesehen haben. Auf jenem, auf dem das blinde Mädchen hingerichtet wurde.«

Richard zuckte zusammen.

Odulf bemerkte das und sah seinen Herrn direkt an. »Was ist los? Habt Ihr etwa auch einen Dämon beobachtet? Als ihr vor dem Scheiterhaufen standet?«

»Nein.« In dem Moment, in dem er es sagte, glaubte Richard es auch. Er war damals auf dem Marktplatz von Sinnen gewesen. Weiter nichts.

Dennoch ließ ihn der Gedanke an den Dämon nicht los. Er versuchte, ihn zu verdrängen, doch es gelang ihm nicht. Immer wieder blitzten in seinem Kopf einzelne Bilder auf. Er erinnerte sich genau, wie er auf dem Markplatz die tiefe Stimme gehört hatte. Und dann die Augen des blinden Mädchens. Schwarz. Unheilvoll. Dämonisch. Natürlich glaubte er nicht an

Gespenster. Doch das, was er auf ihrer Reise bisher erlebt hatte, war nicht normal. Doch noch immer wollte er Ado und Odulf nicht davon erzählen.

»Jeder hat doch einmal einen schlechten Traum,« sagte er wie beiläufig. »Deswegen glaubt man aber nicht an Gespenster.«

»Was für schlechte Träume?«, fragte Odulf, der nichts davon wusste, dass sein Herr geträumt hatte, er würde Ado erschlagen.

»Ich meine Tagträumerei. Man denkt an bestimmte Personen und bildet sich für eine Sekunde ein, dass sie wirklich vor einem stünden. Das ist eine Gabe, die manche Menschen haben.«

»Eine Gabe? Hört sich interessant an«, sagte Ado. Er musterte seinen Herrn skeptisch.

In Richards Gedanken tauchten erneut düster die Ratten am Weiher auf. Wie sie ihn mit ihren scharfen Zähnen zu zerfleischen versuchten. Er fröstelte.

»Ich verstehe Euch, dass das nicht leicht ist, so etwas durchzumachen«, fuhr Ado jetzt fort. »Ich glaube, ich habe mich auch nicht immer richtig verhalten. Aber auch Odulf und ich haben darunter gelitten. Könnt Ihr das nachvollziehen?«

»Wir machen uns Sorgen um Euch«, sagte Odulf. »Ich habe Angst, dass Ihr eines Tages aufgebt und durchdreht. Ich dachte, mit dieser Suche könnten wir die Vergangenheit bewältigen.«

Das hatte ich auch gehofft, dachte Richard.

»Ich glaube, es wäre das Beste, wenn Ihr euch jetzt schlafen legt,« sagte Ado. »Meine Wache geht noch etwa eine Stunde. Ich werde dich dann wecken, Odulf.«

7. Kapitel

Im Morgengrauen saßen Ado und Odulf beisammen, Richard war endlich eingeschlafen. Sigrun bis jetzt noch nicht aufgewacht.

»Ich teile die Meinung unseres Herrn nicht«, begann Ado mit einem Blick auf das Kind, dessen Brust sich ruhig hob und senkte. »Dieses Mädchen ist mir unheimlich. Ich werde das Gefühl nicht los, dass sie doch verflucht sein könnte. Und uns alle ins Verderben stürzt. Ich habe unseren Herrn im Schlaf reden hören. Er träumt offenbar von irgendwelchen merkwürdigen Dingen. Und vor denen scheint er uns schützen zu wollen … na ja, es ist ein bisschen schwer zu erklären …«

Ado wusste nicht, was genau in dem Ritter vorging. Sein Herr schien in einem Dilemma festzustecken. In einer Situation, in der er nur zwischen Not und Elend entscheiden konnte.

»Wäre es dir lieber, wenn wir unsere Suche abbrechen und uns gleich auf den Heimweg machen würden?«, fragte Odulf.

»Ja.« Ado musste nicht lange überlegen.

»Aber unser Herr wäre wohl nicht einverstanden. Er muss sich dem Herzog empfehlen. Wobei ich nichts dagegen hätte, sofort nach Braunschweig zurückzukehren. Aber es geht nicht, das verstehst du doch? Der Einsatz unseres Herrn sollte auch belohnt werden.«

»Du machst dir also keine Sorgen?«

Odulf schüttelte den Kopf. »Er will uns nichts Schlechtes. Sicher, er scheint oft in Gedanken woanders zu sein, kann seine Wut nicht beherrschen und lässt sich nicht in die Karten schauen, aber er gibt sich wenigstens Mühe. Darauf kommt es doch an. Es war für ihn hart, als er damals im Kerker auf einen Schlag zur Enthaltsamkeit von Wein und Bier gezwungen wurde. Wahrscheinlich ist es für ihn heute noch ähnlich schlimm wie damals. Ich versuche auch, immer die richtigen Entscheidungen zu treffen, aber das gelingt mir genauso wenig wie ihm. Daher weiß ich letztendlich nicht, was die bessere Wahl ist: abbrechen oder weitermachen. Lassen wir es unseren Herrn entscheiden, mir gefällt die Vorstellung nicht, dass er als Bettler endet. Lieber bleibe ich tagelang in diesem Wald.«

Ado sah seinen Freund skeptisch an. »Du bleibst lieber in diesem Wald? Also ich fühle mich hier nicht wohl.«

»Was du tust, das musst du selbst entscheiden. Wenn du dich nicht gut fühlst, musst du unseren Herrn bitten, dich gehen zu lassen.«

»Ich mag unseren Herrn genauso wenig im Stich lassen wie du. Aber ich glaube, dass er ...« Ado brach ab.

Odulf wartete geduldig.

»Ich denke auch, dass er hier ernsthaft eine Möglichkeit sieht, aus seinem Leben noch mal etwas machen zu können«, fuhr Ado endlich fort. »Die möchte ich ihm nicht nehmen. Was macht das schon, wenn ich mich hier nicht wohlfühle? Wenn sich für ihn auf lange Sicht alles verbessern könnte.«

»Ja, ich verstehe. Wie ich gesagt habe, mit seinem bisherigen Leben wird es schwierig, wieder Fuß zu fassen. Er braucht irgendetwas, das ihm weiterhilft.« Ado zögerte, seine Ausführung fortzusetzen. »Das ist noch nicht alles«, sagte er nach einer Weile. »Er verhält sich in letzter Zeit seltsam. Er zeigt manche Gewohnheiten wie damals, als er getrunken hatte. Zum Beispiel dieses andauernde Auf-den-Boden-spucken. Ich mach mir Sorgen. Ich verstehe vor allem nicht, warum das gerade hier und jetzt passiert, wo er sich beweisen kann.« Ado blickte Odulf jetzt sehr ernst an. »Das meiste, was er im Schlaf spricht, habe ich nicht so recht verstanden. Es war wohl eine ganze Menge an Hirngespinsten.« Seine Ernsthaftigkeit ging in Furcht über. »Ich würde gerne glauben, dass es nicht so ist. Aber meiner Meinung nach hat er Wahnvorstellungen.«

»Jetzt mal langsam! Nur weil er Alpträume hat, heißt das ja noch nicht, dass er auch am Tag Wahnvorstellungen hat. Glaubst du, dass unser Herr rückfällig geworden ist?«

Ado schwieg einen Augenblick. »Nein, ich denke nicht, dass das passiert ist. Woher hätte er Bier oder Wein bekommen sollen? Nein, das wäre uns aufgefallen. Aber ...«

Ado nahm jetzt allen Mut zusammen, Odulf zu berichten, was er wirklich glaubte. Auch auf die Gefahr hin, dass der ihn für verrückt erklärte. »Es kommt mir so vor, als ob er sich von irgendeiner höheren Macht verführen lassen würde. Weil er dafür anfällig ist. Und früher oder später wird dieses Etwas uns alle bekommen.«

Odulf sah ihn skeptisch an. »Angenommen, du hast recht, dann sollten wir schnellstmöglich zu den Rössern. Aber ich glaube ganz ehrlich ...«

»Wenn es uns kriegen will, kriegt es uns auch! In dem Fall haben wir schon verloren.

Wir sollten Vorsichtsmaßnahmen treffen. Nur für den Notfall. Halte von jetzt an deine Lanze immer griffbereit.«

Das ging Odulf zu weit. »Nein, ich weigere mich, das alles zu glauben. Manchmal geht vielleicht die Phantasie mit dir durch. Wir werden die Suche in aller Ruhe beenden und nach Braunschweig zurückkehren. Es wird nichts passieren.«

Ado nahm seine Armbrust und prüfte ihre Verlässlichkeit. »Wie du meinst. Aber ich kann nie sicher genug sein.«

8. Kapitel

Ein paar Stunden später fing es an, in Strömen zu regnen. Missmutig standen sie zu viert unter dem Unterstand. Als der Regen endlich nachließ, bauten die drei Männer das Lager ab.

Als Odulf einen Platz suchte, um sich zu entleeren, wandte sich Ado an Richard. »Hochwohlgeboren, müssen wir wirklich zu dieser *Teufels Küche*?« fragte er. »Wir haben überhaupt keine Spuren gefunden. »

Richard hatte trotz seiner Erregung tiefen und festen Schlaf gefunden. Wohl aufgrund der Erschöpfung ihres langen Marsches hoch auf den Berg. Und doch schämte er sich immer noch für seinen Gefühlsausbruch. Der ihn als Schwächling dastehen ließ. Nun schon wieder einer dieser Seitenhiebe. Er musste Stärke zeigen. »Eben genau deshalb. Aus meiner Sicht reicht das nicht.«

»Mir ist diese Gegend nicht geheuer …«

Richard brauste auf. »Geheuer? Scheißt du dir etwa in die Hose?«

»Nein, aber …«

»Welches Ergebnis wir dem Herzog vorlegen, ist dir wohl völlig gleichgültig. Odulf und ich stecken unsere ganze Kraft hier rein und du hast nichts anderes vor, als uns in den Rücken zu fallen!«

»Hochwohlgeboren, bitte ...«

Aber Richard hatte ihm schon den sich schon umgedreht und machte sich an seinen Sachen zu schaffen.

Als Odulf zurückkehrte, setzten sie ihren Weg schweigend fort, wobei Richard mit der Karte wieder vorausging, die er aber nicht benutzte. Sie folgten dem Berghang nach Norden.

Nach einer Weile brach Odulf die Stille. »Hochwohlgeboren, dürfte ich einen Blick auf die Karte werfen? Ich würde gerne wissen, auf welchem Pfad wir gerade laufen.«

»Wir folgen momentan keinem«, sagte Richard genervt und spuckte auf den Boden.

»Keinem Pfad?«

»Ich habe mich nach der Sonne gerichtet. Wenn wir immer entgegen der Sonne gehen, gelangen wir in etwa nach Norden. Ich weiß, wo wir lang müssen.«

»Ihr missachtet die Karte? Und wenn Ihr mit Eurer Vermutung falsch liegt?«

»Ich liege nicht falsch!«

Ado mischte sich ein. »Wie könnt Ihr euch sicher sein, dass wir in die richtige Richtung gehen?«

»Ihr hättet uns allerdings sagen können, dass wir querfeldein marschieren«, sagte Odulf.

»Keine Sorge, ich weiß, wo wir hinmüssen.«

»Hochwohlgeboren, ich denke, es wäre besser, wenn Ihr uns auf einen Pfad bringt«, beharrte Odulf. »Der Wald wird dichter und das Fortkommen mühsamer. Oder wir fragen das Mädchen.« Er blieb stehen und beugte sich zu Sigrun, die wie immer brav neben den Männern herlief, und berührte ihren Arm.

»Dort vorne verläuft ein Pfad quer zu uns«, sagte Richard, bevor Odulf das Mädchen etwas fragen konnte. »Den können wir nicht verfehlen.«

»Also gut, auf Euer Wort.« Odulf ging weiter.

Nach kurzer Zeit stießen sie auf eine kleine Schneise.

»Das muss der Pfad sein«, sagte Richard. »Ich denke, wir brauchen etwa noch …«

»Das soll ein Pfad sein soll?«, unterbrach Ado ihn ungläubig.

»Warum sollte es keiner sein?«

»Ich kann hier ehrlich gesagt auch keinen Pfad erkennen«, stimmte Odulf zu.

»Er ist über die Jahre zugewuchert«, verteidigte sich Richard.

»Ich denke, dass wir ziemlich weit vom richtigen Weg abgekommen sind und uns jetzt irgendwo im Nichts befinden«, sagte Ado und stemmte die Hände in die Hüften. »Hochwohlgeboren, ich widerspreche Euch nur ungern«, sagte er mit fester Stimme. »Aber Ihr scheint nicht zu wissen, wo es langgeht. Wann genau werden wir ankommen?«

»Bist du damit nicht einverstanden, dass ich als dein Herr den Weg heraussuche? Wenn du mir nicht widersprechen willst, dann unterlasse es auch!«

»Verzeiht mir, Hochwohlgeboren! Ich möchte Euch nur einen Rat geben. Wenn wir schon eine Karte haben, ist es doch besser, diese zu nutzen.«

Ado sah sich um. Er suchte nach einem Hinweis auf einen sichtbaren Pfad, während Richard die Karte studierte.

»Bitte, beruhigen wir unsere Gemüter!«, sagte Odulf. »Es macht keinen Sinn, dem jeweils anderen Vorwürfe zu machen. Schauen wir uns doch alle gemeinsam die Karte an, dann finden wir sicher heraus, wo wir sind.« Richard gestand sich ein, dass er sich nicht mehr sicher war und stimmte Odulf zu. Behutsam nahm Odulf Richard die Karte aus der Hand und deutete auf einige Punkte. »Also, wenn wir hier aufgebrochen sind, sind wir dem Sonnenstand nach in Richtung Nordwesten gegangen. Wir dürften irgendwo hier oben sein. Heißt, dass wir unseren Weg nach da drüben verändern müssten. Wie seht Ihr das, Hochwohlgeboren?«

»Bitte, wenn du das sagst«, antwortete Richard.

»Ado?«, fragte Odulf.

Ado war mittlerweile ein wenig vorausgegangen. »Selbst wenn das die richtige Richtung ist, müssen wir als Erstes einen Weg durch dieses Dickicht finden. Auf der anderen Seite hat es aber jetzt keinen Sinn, noch ewig herum zu diskutieren! Wir nehmen einfach diesen Weg.« Kurzentschlossen bahnte sich Ado einen Weg durch das Gestrüpp.

Sekunden später war er im Dickicht verschwunden. Odulf sah Richard ratlos an.

Der reagierte nicht auf dessen fragenden Blick. Wenn Ado Alleingänge unternehmen wollte, dann sollte er das eben tun.

Plötzlich wurde das Zwitschern der Vögel und das Knacken des Gestrüpps von einem lauten Krachen unterbrochen, dem ein langgezogener Schrei folgte.

»Hochwohlgeboren!«, drang Ados panische Stimme aus dem Nirgendwo. »Helft mir!«

Richard befahl Odulf bei Sigrun zu warten, nahm ohne Hast den Weg, den Ado genommen hatte und blieb nach einer uneinsichtigen unüberschaubaren Stelle überrascht stehen. Vor ihm tat sich ein steiler, von Felsen begrenzter Abgrund auf. An einem der Steine hing Ado und krallte sich krampfhaft fest.

»Schnell! Helft mir, bitte!«

Richard zeigte keine Reaktion.

Ados Finger zitterten. Er drohte abzurutschen. Lange würde er sich nicht mehr an dem Felsbrocken halten können.

»Hochwohlgeboren, helft mir! Schnell!«

Richard trat einen Schritt nach vorne. Sein Stiefel verfehlte Ados Finger nur knapp.

Dessen Augen weiteten sich vor Schreck. »Was macht Ihr?«, keuchte er. »Wollt Ihr mich umbringen? So helft mir doch!«

»Nimm meine Hand!« sagte Richard endlich und beugte sich zu Ado herab, während er sich an einem Baumstamm festhielt.

Erleichterung machte sich in Ados Gesicht breit, als er nach der ihm angebotenen Hand griff.

Im selben Moment traf Odulf ein. »Ich konnte nicht warten, Herr! Was … O Gott! Schnell, wir ziehen dich hoch!«

Gemeinsam zogen sie den Söldner nach oben, bis er auf sicherem Boden stand.

Ado atmete schwer und warf seinem Herrn einen ungläubigen Blick zu. »Hochwohlgeboren, was sollte das eben?«

Richard schüttelte verwirrt den Kopf. Er wusste es selbst nicht. »Es tut mir leid, ich … ich war wohl für einen Moment zu ungestüm.«

»Ihr hättet mich beinah den Abhang hinuntergestoßen!«

»Was ist denn passiert?«, fragte Odulf.

»Der Herr wäre mir um ein Haar auf die Finger gestiegen«, sagte Ado erbost.

»Ich habe das nicht gewollt«, sagte Richard ruhig, aber mit Nachdruck. »Seit ich mich damals in der Kirche nicht mehr unter Kontrolle hatte, habe ich nie wieder jemandem …«

»Der Traum, Herr! Erinnert ihr euch nicht mehr an euren Traum?«

Richard biss sich auf die Unterlippe. Ado konnte den Mund einfach nicht halten. Warum hatte er ihm davon erzählt?

»Welcher Traum?«, wollte Odulf wissen.

»Er träumte, sein toter Vater hätte ihm befohlen …«, begann Ado.

»Schweig!«, herrschte Richard ihn an. »Das ist jetzt nicht von Belang.«

»Ist schon gut, Hochwohlgeboren«, sagte Odulf. »Es …«

»Das ist jetzt alles andere als gut!«, schrie Richard. »Das ist überhaupt nicht gut!« Er sah sich plötzlich abrupt um.

»Odulf. Wo ist das Mädchen? Sie war doch eben noch bei dir, wo hast du sie gelassen?«

»Ich habe sie auf dem Pfad zurückgelassen«, gab der kleinlaut zu. »Ich konnte nicht länger warten, Herr … Ados Schrei …«

Richard hörte nicht länger zu, drehte sich um und lief zu ihrem letzten Standort zurück. Seine Männer folgten ihm.

Sigrun stand noch immer dort. Sie starrte die drei mit einem merkwürdigen Grinsen an. So als ob sie etwas mit dem Vorfall zu tun habe.

»Ist schon gut«, sagte Richard, weil er nicht wusste, wie er sonst reagieren sollte. »Es ist alles in Ordnung.« Dann wandte er sich an Ado und Odulf. »Lassen wir das alles hinter uns. Wir sollten weitergehen. Sonst treffen wir an der *Teufels Küche* erst ein, wenn es dunkel ist.«

Sie einigten sich auf eine Richtung, die ihnen vor weiteren auftretenden Schluchten sicher schien.

Richard konnte sich sein eigenes Verhalten nicht erklären. Es ging ihm alles zu schnell, was im Moment passierte. War es möglich, dass er tatsächlich Ado gerade eben umbringen wollte? Nein, er mochte Ado viel zu sehr, als dass er ihm schaden konnte. Ihm ging jedoch der Gedanke nicht aus dem Kopf, dass Ado sein Urteil über ihn gefällt hatte. Der zornige Blick, mit dem Ado ihn angesehen hatte. Die Behauptungen, die er aufstellte.

Wenn man einem Menschen andauernd nur Schlechtes unterstellte, musste man sich dann wundern, wenn dieser unberechenbar wurde? Nun kam Zorn in Richard auf. Es war wohl das Beste, Ado aus seinem Dienst zu entlassen. Ado würde ihm ewig Vorhaltungen machen. Ihm ewig seine Vergangenheit vorhalten. Nur einmal war ihm gegenüber Ado die Hand ausgerutscht. Er war damals einfach zu betrunken gewesen.

Richard spuckte auf den Boden. Er überlegte, ob er seine Würde nachdrücklich verteidigen musste. Ado hatte keinerlei Recht, den Richter über ihn zu spielen.

*

Ado wusste nicht, was er tun sollte. Alles lief auf einen Eidbruch hinaus. Sie waren meilenweit von der nächsten Zivilisation entfernt. Mussten Odulf und er warten, bis Richard sie kurzzeitig allein ließ, um dann so schnell wie möglich mit ihren Sachen abzuhauen? Gegen Richards Kampfeskraft, so glaubte Ado, würde er hätte er keine Chance. Gegen einen früheren Turniersieger in jedem Fall. Außerdem war Richard permanent mit seinem gefürchteten Schwert unterwegs. Wenn, dann konnte Ado seinen Herrn nur mit der Armbrust außer Gefecht setzen. Der erste Schuss musste sitzen. Sonst war es vorbei. Mit seiner Axt oder dem Dolch würde Ado gegen Richards Schwert den Kürzeren ziehen.

Während Ado weiter darüber nachdachte, was er tun konnte, kam ihm zu Bewusstsein, wie schnell sich die Situation gewandelt hatte. Es war noch keine zwei Tage her, da waren sein Herr, Odulf und er voller Euphorie in Hameln eingetroffen. Ado hatte gedacht, es hätte sich längst alles zum Guten gewandt. Sein Herr hätte seine Sucht und seine Wutausbrüche besiegt. Jetzt dachte Ado daran, ihn mit seiner Armbrust zu bedrohen, sollte der ihm zu nahe kommen.

Doch was hatte die größere Bedrohung dargestellt – dass sein Herr ihn zu Tode stürzen wollte, oder die Tatsache, dass der es abstritt? Denn wenn er es gestand, könnte man vielleicht Maßnahmen ergreifen, die ganze Sache noch mit einem blauen Auge zu beenden. Man könnte das Unternehmen sofort abbrechen und nach Braunschweig zurückkehren. Aber durch die Unberechenbarkeit seines Herrn schwebten alle in Lebensgefahr. Er hatte die Selbstbeherrschung verloren. So konnte man ihm trotz seines sonst so freundlichen

Lächelns nicht über den Weg trauen. Würde er sie in der nächsten Nacht eiskalt im Schlaf erdrosseln?

Ado musste verhindern, dass sein Herr Odulf, dem Mädchen oder ihm selbst noch einmal zu nahe kam. Es war eine Fehlentscheidung war, seinem Herrn treu zu bleiben.

Es blieb ihm außer der Flucht nur noch eins übrig: Sie mussten so schnell wie möglich die nächste Ortschaft erreichen. Ihr Sold hätte sich danach erledigt. Das war ein unschöner Gedanke, aber der einzig richtige.

Mechanisch setzt Ado einen Fuß vor den anderen. Noch immer hatte er sich nicht entschieden, was er tun sollte.

Während sie schweigend nebeneinander hergingen, verspürte Ado zu den Qualen, die ihm seine Gedanken bereitete, auch eine leichte Übelkeit. Er hatte Hunger. Aus diesem Grund wollte er seinen Augen nicht trauen, als er abseits ihres Pfades, in einiger Entfernung, eine Gruppe großer, brauner Tiere entdeckte. »He! Schaut mal! Da drüben ist eine Herde Rehe! Vielleicht können wir eines schießen!«, rief er.

Ohne eine Antwort abzuwarten, schlich sich Ado durchs Unterholz. Als er schon sehr dicht an der Herde dran war und seine Armbrust ansetzte, drehte sich die Rehkuh plötzlich nach ihm um und sah ihm erschrocken in die Augen. In dem Moment, in dem Ado den Pfeil abfeuerte, wich das Tier einen Schritt zu ihren beiden Jungtieren zurück. Ados Schuss ging daneben. Die Rehkuh stupste ihre Kälber einmal an, und die Gruppe verschwand.

»Verfehlt«, kommentierte Richard nur, der Ado gefolgt war.

»Mist! Das bekommen wir nicht alle Tage vor...« Ado beendete seinen Satz abrupt und drehte den Kopf. Er hatte etwas gehört.

Auch Richard lauschte. Ado konnte deutlich das Summen von Fliegen hören.

»Bei Gott!« flüsterte Ado.

Er ging ein paar Schritte weiter, direkt dem Summen nach. Kein Zweifel, ein toter Körper musste dort liegen. Auf einer kleinen Lichtung standen mannshohe, geschliffene Felsbrocken, auf die mit roter Farbe mysteriöse Symbole gemalt waren. Auf einer Art Opferaltar fand Ado schließlich, was sie gesucht hatten.

»Kommt zu mir!«, rief er über seine Schulter.

Vor ihm lag die zugerichtete Leiche eines etwa dreißigjährigen Mannes, gekleidet als

Jäger. Heidnische Symbole waren in die Stirn geritzt. Seine Gedärme waren herausgerissen und über den Boden verstreut. Armeen von Fliegen hatten von ihnen Besitz ergriffen. In seiner Hand hielt er einen Dolch. Offensichtlich hatte er sich das selbst angetan.

Die drei Männer bekreuzigten sich.

Sigrun war ihnen wie immer gefolgt, riss beim Anblick des Kadavers erschrocken die Augen auf und presste sich die Hände auf den Mund. Ihr Atem ging schwer, anscheinend hatte sie Mühe, sich nicht zu übergeben.

»Da haben wir unseren Rattenfänger«, sagte Ado.

»Ist das der Mann, der euch aus Hameln geführt hat?«, fragte Richard Sigrun.

Sie nickte.

»Das hier muss die Teufels Küche sein«, stellte Odulf fest. »Schließlich hat Gruelhot von einer heidnischen Kultstätte gesprochen.«

»Sieht nach einem Opferkult aus«, bestätigte sein Herr. »Aber warum hat er sich selbst gerichtet?« Er hielt einen Augenblick inne. »Wie auch immer, jetzt haben wir endlich eine Spur zu den

Kindern!« Er sah sich die Symbole näher an. »Stammen diese aus einer früheren Zeit?«

»Ich dachte, die gibt es nur im hohen Norden«, sagte Odulf.

Auch Ado warf einen genaueren Blick auf die Zeichen. »Nein. Schaut! Die sind noch ganz frisch. Sieht fast aus... Das ist Blut, verdammt!«

»Hier hielt ein gottloser Mensch Rituale ab«, sagte sein Herr. »Der Rattenfänger.«

»Es stimmt also. Er ist mit dem Teufel im Bunde gewesen!«, sagte Ado. »Für mich waren hier ein Hexenbeschwörer am Werk.«

Auf dem Gesicht seines Herrn zeichnete sich Triumph ab.

Ado atmete tief durch. »Hoffen wir mal, dass es nicht noch mehr von diesen Leuten gibt!«

*

Bei diesem Satz erinnerte sich Richard an das Gefühl, das er am Vortag gehabt hatte, jemand oder etwas sei ihnen gefolgt.

Du weißt genau, was den Rattenfänger in den Tod getrieben hat! Das, was es mit ihm gemacht hat, wird es auch euch antun!

Nein! Richard schüttelte die Stimme in sich entschieden ab. Er sah sich um. Alles um sie herum war ruhig, bis auf das ununterbrochene Summen der Fliegen.

»Nein!« wiederholte Richard nun laut. »Warum sollte es noch mehr von denen geben?« Innerlich jedoch kam er nicht zur Ruhe. Jetzt spürte er es wieder deutlich. Stärker noch als gestern. Er wollte in diesem Moment nichts mehr, als diesem scheußlichen Leichnam den Rücken zu kehren.

»Hochwohlgeboren, seid Ihr nicht einmal mit den heidnischen Symbolen in Berührung gekommen?«, fragte Ado. »Kennt Ihr vielleicht ihre Bedeutung?«

Richard erinnerte sich an den Hexenprozess des Ritters von Ytzenburg, dem er beigewohnt hatte. Man hatte Runenwürfel in den Habseligkeiten der Angeklagten gefunden. Richard hatte während des Verfahrens die Bedeutung einiger Symbole erlernt.

»Das ist lange her«, gab er zu.

»Versucht es, bitte! Vielleicht steht da irgendwas, was uns weiterhilft!«

Richard sah sich einen der Steine ein weiteres Mal genauer an. Die einzelnen Zeichen kamen ihm nun vage bekannt vor, aber er hatte ihre Bedeutung vergessen. Doch dann, fast so als käme es durch eine göttliche Eingebung, konnte er klar und deutlich den Satz lesen:

Gib das Mädchen heraus!

Blankes Entsetzen machte sich in ihm breit. Irgendjemand, der von Sigrun wusste, war also tatsächlich hinter ihnen her. Das konnte nur jemand aus Hameln sein. Oder jemand, der sie beobachtete. Nein. Er löste den Blick von den Zeichen. Er bildete sich das alles nur ein. Er hatte die Bedeutung verwechselt. Dieser Satz stand nicht da, er hatte ihn falsch gelesen.

»Habt Ihr nichts entziffern können?«, fragte Ado.

Richard richtete sich auf. »Nein. Wir sehen uns besser die nähere Umgebung einmal genauer an. Odulf, du gehst dort entlang. Ado, pass auf das Mädchen auf.«

Das Wetter war unvorhersehbar geworden. Erst Sonne, dann Wind, und nun kamen allmählich leichter Nebel und eisige Böen auf, die den Wald zu einem noch unheimlicheren Ort machten. Richard befürchtete, in dem Dunst bald die Orientierung zu verlieren. Dennoch suchte er das nähere Umfeld nach weiteren Spuren ab. Er atmete tief durch. Er war inzwischen dichter in den Wald vorgedrungen, als plötzlich vor ihm aus dem Nebel eine kleine Gestalt auftauchte.

Bei näherem Hinsehen sah er, dass es Sigrun war. Aber wie war sie hierhergekommen? Ado sollte doch auf sie aufpassen.

»Warte!« rief Richard. »Du ...«

Das Mädchen lief ihm davon, verschwand im Nebel. Richard rief erneut, aber als es nicht stehenblieb, eilte er ihm hinterher. Am Fuße eines Hangs, wo sich ein gigantischer Geröllhaufen befand, fand er sie wieder. Zweifellos musste es hier einen mächtigen Erdrutsch gegeben hatte. Sie stand mit dem Rücken zu ihm, beachtete ihn nicht. Als er näherkam und sie erneut ansprechen wollte, fiel sein Blick auf etwas, was er nicht ignorieren konnte. Versteckt von Gestrüpp sah es aus wie ein Eingang im Fels. Er riss das Gestrüpp beiseite – und tatsächlich:

Zwischen dem Stein zeigte sich eine Öffnung in den Berg. Sie war gerade so groß, dass ein einzelner Mensch gebückt hineinkriechen konnte.

Der Eingang zu einer ... Höhle? Wenn der Rattenfänger und die Kinder tatsächlich im Berg verschwunden waren, musste es wohl hier gewesen sein.

Es war dieser unermüdliche Ehrgeiz, der ihn trotz aller Bedenken ins Innere trieb. Er ließ ihn das Mädchen vergessen, und er dachte auch nicht daran, nach seinen Begleitern zu rufen. Er trat näher an den Eingang heran. Die Höhle weckte Erinnerungen an eine Geschichte, die sein Vater ihm einmal vorgetragen hatte. Siegfried und der Drache. Die Sage hatte Richard Angst eingejagt und tiefe Spuren in seinem Gedächtnis hinterlassen. Später hatte sein Vater es zutiefst bereut, ihm die Geschichte erzählt zu haben, denn Richard entwickelte danach eine panische Angst vor der Dunkelheit. Sie handelte von Siegfried, einem abenteuerlichen Prinzen, der, statt König werden zu wollen, lieber in die weite Welt hinauszog. Als er Geselle in einer Schmiede geworden war, war es sein größter Wunsch, sein eigenes Schwert zu schmieden, um damit große Heldentaten begehen zu können. Um seinen nörgelnden und ungeliebten Lehrjungen endlich loszuwerden, erzählte sein Lehrmeister ihm von dem Lindwurm. Ein furchtbarer Drache, der seit geraumer Zeit das Land heimsuchte. Ihn zu töten wäre eine große Heldentat. So zog Siegfried mit seinem neu geschmiedeten Schwert los, um den Drachen umzubringen. Er durchstreifte ein vom Lindwurm verwüstetes Land und stieß auf eine Bauernfamilie, die ihm die Rüstung eines Ritters übergab, den das Untier bereits getötet hatte. Schließlich erreichte er die Höhle des Drachenbergs. Dort fand Siegfried die zahlreichen Knochen der todesmutigen Männer, die den Kampf mit dem Drachen nicht überlebt hatten.

Eigentlich war es weniger die Geschichte, die Richard so furchtbare Angst eingejagt hatte. Vielmehr war es die Malerei an der Wand in der Burg eines befreundeten Ritters von Richards Vater. Richards Neugierde dafür hatte seinen Vater erst dazu gebracht, die Geschichte zu erzählen. Die Malerei hatte die grausame Szene mit aller Liebe zum Detail dargestellt. Das Bild hatte sich in Richards Kopf wie in Granit eingemeißelt. Die Skelette der Menschen waren, von Spinnweben überzogen, herumgelegen. Die Drachenbisse hatten manche der Knochen regelrecht zerfetzt. Auf Siegfrieds Rüstung klebte noch das Blut des letzten Ritters, den der Lindwurm besiegt hatte. Und dann die bösartigen Augen des Ungetiers in der Dunkelheit ... Siegfried musste sich dem Kampf stellen. Sein Schwert konnte gegen die Drachenschuppen nichts ausrichten. Auch er schien dem Tode geweiht.

Natürlich wusste Richard, dass die Geschichte ein gutes Ende genommen hatte. Siegfried hatte letztendlich den Drachen besiegt, und anschließend in dessen Blut gebadet, wodurch er unbesiegbar geworden war. Aber das hatte über die schrecklichen Eindrücke nicht hinwegtrösten können, die Richard von nun an im Kopf hatte. Die dunkle, unheilvolle Höhle und das menschenfressende Ungeheuer, das darin hauste.

Die Bilder ließen das Blut in seinen Adern gefrieren. So als ob er sich jetzt demselben Schicksal wie Siegfried stellen müsste.

Er schob das Geäst des Strauchs vor dem Eingang ein wenig beiseite, um besser hineinkriechen zu können. Wie lange mochte er schon hier stehen? Es kam ihm wie eine Ewigkeit vor.

Bei diesem Flötenspieler handelt es sich um einen Dämon. Die Gier nach Seelen treibt ihn umher ...

Unsinn. Niemand vermochte es, die Seelen anderer Menschen aufzunehmen. Es waren Geschichten, die sich Menschen ausgedacht hatten. Wahrscheinlich war in der Höhle sowieso nichts Besonderes.

Langsam kroch er hinein, die Höhle führte mit ein wenig Gefälle nach unten und war dann erstaunlich hoch. Hoch genug, um stehen zu können. Er hielt inne. Irgendein innerer Überlebenstrieb schien ihn davon abzuhalten, weiter hineinzugehen. Es kam ihm erneut wie eine Unendlichkeit vor, bis er sich nochmals den Impuls gab, sein Vorhaben fortzuführen.

Er zieht von Stadt zu Stadt und befreit die Leute von ihrem Ungemach, um danach von ihren Seelen Besitz zu ergreifen …

Ein zweites Mal kam ihm eine flüchtige Erinnerung an diesen einen Satz in den Sinn, den Gruelhot ausgestoßen hatte. Die Furcht konnte seine Neugierde trotzdem nicht besiegen. Es war wie das Verlangen nach Wein oder Bier. Was sollte ihm schon passieren?

Das schwache Sonnenlicht schien in die ansonsten undurchdringliche Dunkelheit hinein. Der Tunnel führte tief in den Berg. Es roch nach einer Mischung aus Moder und Kies. Richard wusste, dass das die Lösung des Rätsels um den Rattenfänger und die Kinder war. Er brauchte eine Fackel. Und seine beiden Söldner.

Als er kehrtmachen wollte, hörte er plötzlich einen dumpfen, undeutlichen Schrei. Es klang fast so wie

Hilf mir!

Nur ein Augenblinzeln später hörte er so etwas wie einen raschelnden Schuh im weichen Kiesboden. Seine Eingeweide zogen sich zusammen.

Das ist Einbildung. Er atmete ein paar Mal tief durch.

Als er sich wieder gefangen hatte, blickte er noch einmal tiefer in den Gang hinein, soweit es das Licht zuließ. Der Gang machte ein paar Meter vor ihm eine leichte Biegung. Ganz langsam ging Richard einige Schritte nach vorne. Vielleicht hörte die Höhle dort auf? Er musste sicher sein, dass es weiterging, bevor er seine Söldner zu dieser Stelle führte. Seine Füße hatten sich noch nie so schwer angefühlt.

Nach einem weiteren Schritt taumelte er entsetzt zurück. Ein dunkler Schatten schien an der Wand zu stehen. Das ist Einbildung! Vorsichtig wagte er sich weiter ins Innere vor. Da! Er sah Ein Junge! Ein kleiner Junge, der mit dem Gesicht zur Wand stand! Auch ohne sein Gesicht zu sehen, wusste Richard, dass der Junge tot war. Er trug einen vermoderten Umhang. Aber ... plötzlich drehte er den Kopf in Richards Richtung. Seine glasigen Augen fixierten ihn. Angst war in sein Gesicht geschrieben. Es war aufgedunsen und purpurrot.

Richard war so versteinert, dass er keinen einzigen Laut herausbrachte. Mit jedem Gegner der Welt hätte er es aufgenommen. Aber nicht mit einer höheren Macht. Einem toten Jungen, den er nicht besiegen konnte. Er trat den Rückzug an, taumelte den Gang entlang, stolperte. Stürzte. Sah sich um.

Der Junge näherte sich Richard mit ausgestreckten Händen, so wie ein Sohn seinen Vater begrüßt. Der tote Körper atmete nicht.

Richard rappelte sich auf und lief so schnell er nur konnte dem Tunnelausgang entgegen. Er zitterte am ganzen Leib. Hörte, wie ihn der Junge verfolgte. Ein Wesen, das hier ermordet worden war. Dessen Geist seitdem in dieser Höhle hauste.

Ohne sich noch einmal umzuschauen, erreichte Richard das Ende des Ganges. Sein Herz pochte tausendmal so schnell wie sonst. Er kroch hastig hinaus, zerrte an dem Gestrüpp und verbarg den Eingang. Instinktiv zog er sein Schwert.

Hatte er wieder eine Wahnvorstellung gehabt?

Die Tränen, die ihm die Wangen hinunterliefen, nahm er kaum wahr.

Sigrun stand noch immer an der gleichen Stelle. Mit einem Mal kam ihm das Mädchen unglaublich leblos vor. Ihr Gesicht war erstaunlich blass.

Mit ihrer Hand führte sie eine tote Ratte an ihren Mund und biss wie ein Tier in das verwesende Fleisch.

Plötzlich war sie verschwunden. Wie vom Erdboden verschluckt.

Schwer atmend hielt Richard sein Schwert in der Hand. Seine Gedanken wirbelten durcheinander. Er musste zurück zu den anderen. Musste wissen, ob Sigrun bei ihnen war. Musste wissen, ob seine Augen ihm wieder einen Streich gespielt hatten.

Langsam stapfte er davon und steckte sein Schwert wieder in die Scheide. Nach nur wenigen Schritten hörte er hinter sich erneut ein Geräusch. Sofort drehte er sich um. Einer der Sträucher, die den Höhleneingang bedeckten, bewegte sich. War es nur ein Windstoß, oder versuchte der Junge tatsächlich, ihn zu verfolgen?

Das war lächerlich! Richard spuckte auf den Boden und ging einen Schritt weiter. Drehte sich um. Der Strauch bewegte sich nicht. Ein weiterer Schritt. Umdrehen. Wieder keine Bewegung.

Alles nur eine Sinnestäuschung! Genau wie der vermeintliche Dämon auf dem Scheiterhaufen. Wie die nichtexistierenden Stimmen im Kerker. Wie die eingebildeten Ratten am Bach. Er musste dieser Visionen dringend Herr werden. Die Erinnerung an diese Drachengeschichte hatte ihn durcheinandergebracht. Früher oder später wackelte jeder Strauch im Wind.

Richard war sich nun nicht mal mehr sicher, ob Gruelhot und die Ratsherren den Flötenspieler tatsächlich als Dämon beschrieben hatten. Oder ob er sich auch das nur eingebildet hatte.

Das Mädchen saß neben Ado. So, wie Richard die beiden verlassen hatte. Sie sah aus wie immer. Und laut seinen Begleitern hatte sie ihren Platz nicht verlassen.

Als Odulf berichtete, nichts gefunden zu haben, zögerte Richard von der Höhle zu berichten. Denn das würde zur Folge haben, dorthin zurückkehren zu müssen. Alles in Richard wehrte sich dagegen.

»Wie geht es nun weiter?«, wollte Odulf wissen.

Richard gab Anweisung, den Jäger zu bestatten. Sie gruben ein Loch in der Nähe der Opferstätte und gaben den Leichnam hinein. Da es schon spät geworden war, entschied Richard, ein Nachtlager in Sichtweite der Opferstätte aufzuschlagen, an einer Stelle, von der man einen guten Blick auf den Ort selbst haben würde, sollte jemand noch einmal dorthin zurückkehren.

Morgen, so schwor sich Richard, müsste er den Söldner von der Höhle berichten. Andernfalls mussten sie unverrichteter Dinge zu Herzog Wilhelm zurückkehren.

Sie aßen sich satt, die Vorräte gaben es noch her, unterhielten sich noch eine Weile über Belangloses und gingen schlafen, als es finstere Nacht war.

Richard übernahm die erste Wache. Mit grimmigem Blick saß er vor dem Unterstand. Er suchte nach einer überzeugenden Ausrede, falls es ihm nicht gelänge, die Kinder zu finden. Die Herkunft des Rattenfängers war nicht ermittelbar. Dass Flötenmusik Ratten beeinflussen kann, konnte mit weltlichen Dingen nicht erklärt werden. Der Flötenspieler musste die Ratten auf eine andere Art und Weise gefangen haben, vielleicht mit besonderen Ködern. Der Hamelner Bürgermeister Heinrich Gruelhot und seine Ratsherren behaupteten, dass es sich beim Rattenfänger um einen heidnischen Führer handelte.

Mehr Fragen als Antworten. Der weltlichen Argumentation würde der Herzog kaum Aufmerksamkeit schenken. Was also sollte Richard ihm berichten?

Er erinnerte sich, wie entschlossen er aufgebrochen war. Diese Entschlossenheit war längst verflogen. Er bezweifelte, dass seine Mühen belohnt werden würden. Das Schicksal schien mit ihm ein übles Spiel vorzuhaben, es machte sich zudem über ihn lustig. Über ihn, Richard, dem niemals der gleiche Werdegang bestimmt gewesen war wie seinen Verwandten, seinen Kameraden. Über ihn, Richard, der sich bis zu seinem Lebensende abrackern konnte, und am Ende doch keine Möglichkeit auf ein standesgemäße Existenz zu bekommen. Der jetzt vor dem Nichts stand. Dem nur noch der Gang ins Heilige Land blieb. Er durchschaute diese bittere Wahrheit zu spät. Natürlich trug er Schuld in sich. Aber auch andere hatten sich Dinge zuschulden kommen lassen. Natürlich hatte der Herzog ihn verurteilen müssen, das verstand Richard. Der Mann hatte nur seine Pflicht erfüllt. Ohne die gäbe es ganz schnell Unruhen im ganzen Herzogtum. Richard überlegte, ob es ihm mit der Zeit vielleicht gelänge, die Personen zu verstehen, die ihn seit seiner Entlassung aus dem Kerker mieden. Gab es aus seiner Situation ein Entrinnen?

»Hochwohlgeboren, alles in Ordnung?«

Ados Stimme riss Richard aus seinen Gedanken. Die Wachablösung stand an.

»Alles bestens.« antwortete er. »Ich hätte dich bald geweckt. Es wäre nicht nötig gewesen.«

»Ich kann nicht schlafen.« Ado zögerte einen Moment. »Hochwohlgeboren, darf ich Euch etwas fragen?«

»Sicher.«

»Seid Ihr krank?«

»Nein. Wie kommst du da darauf?«

»Ihr würdet Odulf und mir doch nie etwas antun, oder?«

»Ado, das hatten wir doch schon. Natürlich nicht.« Sofort wurde Richard wieder unruhig.

»Es tut mir leid, Hochwohlgeboren«, erwidert Ado schnell. »Natürlich wollt Ihr uns nichts Böses. Es tut mir leid, Euch damit belästigt zu haben«, wiederholte er. »Es wird nicht mehr vorkommen.«

Eine Weile schwiegen sie, Ado bereitete sich auf die Wache vor, holte seine Decke, als er plötzlich innehielt. »Hochwohlgeboren, wo ist das Mädchen?«

Richard drehte sich um. Sigrun lag nicht unter ihrer Decke. Er erschrak.

Als sich Ado und Odulf hingelegt hatten, war das Mädchen noch da gewesen. In Gedanken vertieft, hatte er ihr Verschwinden wohl nicht bemerkt. Er sprang auf. »Wir müssen sie sofort suchen!«

»Vielleicht drückte ihre Blase?«, warf Ado ein.

»Wir dürfen kein Risiko eingehen.«

»Das Lager wäre unbewacht.«

»Odulf kann auf alles allein aufpassen.«

Sie teilten sich auf. Richards Nervosität wuchs, je weiter er sich vom Lager entfernte.

Wir hatte ihm das nur passieren können?

An einer Stelle, die er schon am Nachmittag untersucht hatte, fand er eine Spur, die tagsüber noch nicht da gewesen war. Kleine Fußabdrücke durchzogen den weichen Erdboden. Sie führten in das Unterholz. Richard folgte ihnen eine Zeit lang, bis er die Fährte verlor. Er sah sich um. Nichts.

Dann plötzlich hörte er wieder Geräusche. Drüben am steilen Felsen. Vom Abhang her. Die gleiche Stelle.

Er sah das Kind im Schein des Mondes schon von Weitem direkt am Abgrund stehen. Langsam drehte es sich um. Furcht stand in Sigruns Gesicht geschrieben. Als ob sie vor etwas flüchten wollte.

»Vorsicht! Hier ist es gefährlich.« Richard unterdrückte sein Entsetzen und bemühte sich um einen einfühlsamen Tonfall. »Nimm meine Hand.« Vorsichtig streckte er den Arm in Richtung des Mädchens aus. Ihre Miene veränderte sich nicht.

Dann das Knirschen von wegbrechendem Stein. Im nächsten Augenblick war der Körper in der Dunkelheit verschwunden. Sigrun rutschte ab, stürzte in die Tiefe. Aus ihrer stummen Kehle entwich kein Schrei.

Richard trat an den Abgrund und sah die Schemen ihres Körpers regungslos in der

Tiefe liegen. Den Sturz aus dieser Höhe konnte sie unmöglich überlebt haben. Gott sei ihrer Seele gnädig, dachte er erschüttert.

Wovor um alles in der Welt hatte das Mädchen auf einmal diese panische Angst gehabt? Hatte Richard ihr diesen Schrecken eingejagt? Oder war sie im Wald auf jemand anderen ... oder etwas ...?

»Hochwohlgeboren, wo seid Ihr?«, rief Ado aus der Ferne.

»Hier drüben! Am Abgrund!«

Als Ado neben ihm stand und sein Blick Richards ausgestrecktem Zeigefinger folgte, schnappte er entsetzt nach Luft.

Richard kamen erneut Zweifel an seinen Entscheidungen. Immer noch hatte er die verschwundenen Kinder nicht gefunden. Stattdessen hatte er sich den Zorn des Hamelner Bürgermeisters und seiner Untertanen auf sich gezogen. Und jetzt auch noch den Tod eines kleinen Mädchens zu verantworten.

»... hier verschwinden!«, hörte er undeutlich Ados Stimme neben sich.

»Was?«

»Wie kommen wir am schnellsten von diesem Berg?«, fragte Ado. »Gibt es noch ein schlechteres Omen? Es ist zu viel passiert. Ich wiederhole mich nur ungern, aber mit diesem Wald stimmt etwas nicht. Das müsst Ihr inzwischen doch auch einsehen. Wir müssen hier weg, Hochwohlgeboren!«

»Wie stellst du dir das bitte vor?«

»Ja, ich weiß, dass das jetzt schwierig ist. Mitten in der Nacht. Aber hier stimmt doch etwas nicht!«

Obwohl sich die unglücklichen Vorfälle häuften, war Richard nicht willens, das einem bösen Geist zuzuschreiben. »Zuerst müssen wir uns um das Mädchen kümmern«, sagte er, auch um Zeit zu gewinnen. »Es ist zu gefährlich, bei Dunkelheit dort hinunterzusteigen. Wir werden sie morgen Früh beerdigen.«

Ado murrte, wie es seine Art war, doch sie gingen zum Lager zurück. Odulf schlief noch immer felsenfest.

»Hochwohlgeboren, ich glaube nicht, dass das alles purer Zufall war«, wiederholte Ado mit belegter Stimme. »Und wenn diese Nacht noch irgendetwas anderes …«

»Sag nicht ständig das Gleiche! Es ist ziemlich unwahrscheinlich, dass uns jemand gefolgt ist.«

»Ihr habt leicht reden. Wer weiß, wie viele hinter uns her sind und ob sie Waffen mit sich führen? Was, wenn wirklich Waffen ins Spiel kommen? Wir müssen hier verschwinden. So schnell wie möglich!«

»Wir müssen hier verschwinden, wir müssen hier verschwinden, wir müssen hier verschwinden ...! Als ob das jetzt so einfach wäre!« Richard wurde wütend. »Ich sag es dir noch einmal: Wir stecken in einem Wald fest! Und unsere Rösser sind meilenweit weg. Das scheinst du nicht verstanden zu haben!«

»Es tut mir leid.«

Richard tat es nicht leid. »Kannst du nicht endlich das Maul halten mit deinem ewigen ›Wir müssen hier weg!‹«

»Aber falls uns jemand überfiele, können wir die Rösser sowieso nicht mehr erreichen«, sagte Ado, der offensichtlich mal wieder nicht wusste, wann er still zu sein hatte.

»Ja, die Rösser«, sagte Richard leise. Er wollte noch etwas hinzufügen, es fiel ihm aber nicht mehr ein.

»Was ist mit ihnen?«

Richard schwieg. Ado dagegen horchte auf, als ob er eine Schreckensnachricht zu erwarten hatte.

»Den Rössern geht es doch gut, Herr? Ihr habt sie zuletzt gesehen. Also Ihr zurückgelaufen seid, um etwas zu holen.«

Bei diesen Worten zuckte Richard zusammen. Die Rösser. Etwas war mit ihnen. Doch so sehr er sich auch zu erinnern versuchte, es fiel ihm nicht mehr ein. Er verdrängte den Gedanken wieder. Es konnte nicht so schlimm sein, wenn er sich nicht daran erinnern konnte.

»Nun denn«, lenkte Ado ein. »Wann denkt Ihr, sind wir zurück in Braunschweig? Wahrscheinlich werde ich heute Nacht kein Auge mehr zumachen. Ich freue mich so auf ein richtiges Bett!«

Richard seufzte. »Ich bin mir sicher, es wird nichts passieren, und …«

»Ich gestehe, ich habe Angst, Hochwohlgeboren!«

Das war für Richard keine Überraschung.

»Morgen früh liege ich vielleicht tot in meiner Decke.«

»Übertreib es nicht!«

»Oder ich sehe auch noch Gespenster.«

Auch noch. Einen Söldner, auf den er sich nicht verlassen konnte, konnte er nicht gebrauchen. »Also gut. Dann stelle ich dich hiermit frei«, verkündete er steif. »Morgen in aller Herrgottsfrühe kannst du tun, was du willst. Oder du holst die Rösser und gehst den kürzesten Weg aus dem Wald heraus. Dann orientierst du dich an den nächsten Ortschaften. Aber wenn du den Wald auf der falschen Seite verlässt, dürfte es noch lange dauern, bis du zurückfindest. Und die Karte gebe ich dir nicht mit.«

Ado atmete tief durch. »Hochwohlgeboren, ich danke Euch. Doch ich möchte nicht freigestellt werden. Trotz meiner Furcht will ich lieber an Eurer Seite bleiben.«

Missmutig legte Richard sich unter seine Decke. Wenn er die Kinder nicht fände, würde er mit den letzten Talern, die er noch hatte, auf der Straße stehen, wenn er nirgendwo eine Einnahmequelle fände. Seine Burg und seine Ländereien würden ihm genommen werden. Er hätte nichts mehr, was er verkaufen könnte. Er könnte sich vielleicht höchstens noch selbst in die Leibeigenschaft begeben. Noch vor Kurzem hatte er den Gedanken gehabt, einmal zur persönlichen Leibgarde des Kaisers zu gehören. Gar nicht so weit hergeholt, so dachte er. Stattdessen der tiefe Sturz in die Existenzlosigkeit. Und Leute, die er von früher kannte, würden hinter seinem Rücken über ihn reden.

Er erinnerte sich an einen Anwerber für die Kreuzzüge, dem er vor einiger Zeit begegnet war. Der hatte ihm versprochen, im Heiligen Land würden Richard alle Sünden erlassen werden. Es lag auf der Hand: konnte er seine Schuld nicht vor seinen Mitmenschen begleichen, so konnte er es doch vor Gott. Indem er sein Leben im Kampf gegen die Ungläubigen gab. Oder aber, sollte er überleben, deren Ländereien übernehmen. Doch dazu musste er den Anwerber oder einen seiner Stellvertreter wiederfinden. Und das sollte schwierig werden.

Was wäre, wenn sie noch ein, zwei Tage hierblieben? Er könnte immer noch zum Helden werden. Er musste morgen einfach den Mut aufbringen, in diese verdammte Höhle zu gehen. Toter Junge hin oder her.

Er sah zu Ado, der eingeschlafen war. Dessen Befürchtungen waren Richard gleichgültig. Aber Er wusste: Wenn es hart auf hart käme, würden seine Söldner ihn fallen lassen.

Aus diesem Grund musste er Herzog Wilhelm nach seiner Rückkehr sagen, dass seine Söldner

Opfer eines unglücklichen Unfalls geworden waren.

Blitzartig war ihm die Vorstellung durch den Kopf gegangen, eiskalt und ohne Hemmungen. Wie aus einem Instinkt heraus verspürte er das Verlangen, sein Schwert zu ziehen und immer wieder die Klinge in ihre Körper zu rammen. Sie sollten ihre gerechte Strafe erhalten. Sie sollten das zu spüren bekommen, was sie verdienten.

Ein Rascheln riss ihn aus seinen Gedanken. Es kam von einer der Decken neben ihm. Odulf wälzte sich unruhig hin und her. Ein paar Mal holte er schnaufend Luft. Vermutlich träumte er schlecht.

Plötzlich kam Richard wieder zu Sinnen. Er stand auf und blickte auf seine beiden Begleiter. Er schämte sich. Langsam legte er sich wieder, ließ seine Söldner für eine Weile nicht aus den Augen, beobachtete, wie sich Odulfs Brustkorb hob und senkte, wie sich Ado beruhigte.

9. Kapitel

Der Tag der Entscheidung war gekommen. Entweder Richard schaffte es, seinen Mut zusammenzunehmen und die Höhle zu betreten, oder er würde erfolglos nach Braunschweig zurückkehren.

Odulf richtete das Frühstück her, während Ado den Lagerplatz verlassen hatte, um seine Notdurft zu verrichten.

»Ich habe es deutlich gehört!«, sagte Odulf zu Richard und riss ihn damit aus dessen Gedanken. »Da waren Geräusche in der Nacht.«

»Was für welche sollen das gewesen sein?«, fragte Richard geistesabwesend.

»Eigentlich waren es mehrere. Aus unterschiedlichen Richtungen. Sie klangen wie Schritte. Das war sicher kein Reh. sie klangen eher nach einem Menschen.«

Richard horchte auf. »Ein Mensch?«

»Das waren ziemlich sicher Schritte. Von wem auch immer.« Odulf zögerte. »Glaubt Ihr, dass uns jemand gefolgt ist?«

Richard musste sich zusammenreißen, um ihn nicht anzuschreien. »Diese Diskussion habe ich gestern schon mit Ado geführt. Du hast ein Tier gehört. Weiter nichts.«

Sie packten ihre Sachen zusammen. Odulf wollte wie Ado so schnell wie möglich zu den Rössern zurück. Richard rannte die Zeit davon.

Dann tauchte Ado wieder auf. Schon von Weitem winkte er aufgeregt. »Ich habe eine Höhle entdeckt! Da drüben!«

Richard, der eben seine Tasche verschloss, fuhr zusammen. Es konnte sich nur um die eine Höhle handeln! Ado war ihm zuvorgekommen.

»Ist irgendwas?«, fragte Odulf.

»Nein«, sagte Richard und fügte in ruhigem Ton hinzu: »Alles in Ordnung.«

»Kann man denn hineingehen?,« fragte Odulf interessiert.

»Ich glaube schon«, sagte Ado. »Zumindest der Eingang ist groß genug.«

»Jetzt haben wir endlich eine Spur.« Odulf drehte sich erwartungsvoll zu Richard. »Hochwohlgeboren, was ist? Sollen wir sie uns nicht ansehen?«

Richard zögerte. »Ja. Nehmt aber eure Ausrüstung mit. Ich möchte hier nichts unbeaufsichtigt zurücklassen.«

Er schulterte Tasche und Schild, und sie entzündeten ihre Fackeln an einem Feuerstein. Dann spuckte Richard auf den Boden und folgte seinen beiden Söldnern.

Was war schon dabei? Da drin gab es keine Geister. Und sie waren zu dritt. Richard fragte sich, warum er bisher gezögert hatte, die Höhle zu erwähnen. Es war unsinnig gewesen, es nicht zu tun. Falls ihn die Visionen wieder heimsuchen würden, könnte er sich zurückziehen und Ado und Odulf könnten weiter in die Höhle vordringen.

Ado führte sie zu der Stelle, an der er zuvor bereits das Gestrüpp ein wenig zur Seite gebogen hatte.

»Das muss die Höhle sein, in der die Kinder verschwunden sind«, sagte er voller Zuversicht. »Wir werden nun doch erfolgreich nach Hameln zurückkehren!«

»Und du wolltest umdrehen«, murmelte Richard. »Noch gestern in der Nacht.«

»Wir werden es gleich herausfinden«, sagte Odulf.

Richards Mund war wie ausgetrocknet. Wie auch bei seinem letzten Eindringen in die Höhle wurde die Dunkelheit nur von kleinen Sonnenstrahlen durchschnitten. Dieses Mal spendeten die Fackeln zusätzlich Licht. Durch den schmalen Eingang heulte der Wind leise und unheimlich. Richard kam schließlich zu der Stelle, an der er geglaubt hatte, den toten Jungen gesehen zu haben. Diesmal befand sich dort niemand. Erleichterung breitete sich in ihm aus.

Da bemerkte er winzige Mulden im Boden, wie Fußstapfen. Wie von einem kleinen Menschen. Einem Jungen? Er runzelte die Stirn. Wieder kam das Unbehagen. Vorsichtig sah er sich um. Nichts.

Gemeinsam gingen sie ein Stück weiter in den Berg hinein, bis die Spuren verschwanden. Tierspuren, dachte Richard. Er hatte sich alles nur eingebildet!

Unmittelbar vor ihnen spaltete sich der Gang in zwei weitere auf, einer führte nach links, der andere nach rechts in den Berg hinein.

»Wohin soll es gehen?«, fragte Ado. »Sollen wir uns aufteilen?«

Richard zögerte einen Augenblick. »Nein. Hier lang!« Er ging nach links.

Der Gang verengte sich zunehmend. Der Boden wurde steiler. Erneut taten sich vor ihnen zwei Abzweigungen auf.

»Das ist ja ein richtiges Labyrinth!«, sagte Ado mit zitternder Stimme. »Finden wir da nachher auch wieder heraus?«

Nun, da Richard tiefer in die Höhle hineingegangen war und die geisterhaften Erscheinungen ausblieben, machte sich Zuversicht in ihm breit. Doch er war sich sicher, dass es nicht mehr lange dauern würde, bis seine stets ängstlichen Begleiter wieder umkehren wollten. Auf gar keinen Fall wollte er jetzt zu den Rössern zurück.

Die Rösser. Erneut blitzte eine Erinnerung in ihm auf. Was war mit ihnen passiert? Ging es ihnen wirklich gut? Hatte es Probleme gegeben mit … ja, mit was? Vielleicht mit den Hufeisen? Er würde sie vor ihrem Aufbruch untersuchen müssen. Er hatte Werkzeug bei sich. Kannte sich ein wenig mit Hufen aus. Bis zum nächsten Schmied würden es die verdammten Pferde zur Not noch schaffen.

Er spuckte auf den Boden.

In diesem Moment fiel ein Tropfen auf Richards Nase. Er zuckte zusammen und blickte nach oben. An der Decke über ihnen hatte sich Wasser gesammelt. Sie standen nun schon tief im Berg, und hatten in der Zwischenzeit noch mehr Verzweigungen des Tunnelsystems hinter sich gelassen. Das Labyrinth übte plötzlich eine derartige Faszination auf Richard aus, dass er einfach weitergehen musste.

»Hochwohlgeboren, langsam sollten wir umkehren, sonst verirren wir uns noch«, hörte er Ados jammernde Stimme.

»Das sehe ich genauso«, pflichtete Odulf bei. »Es gebührt sich nicht, Sigrun noch länger dort am Abgrund liegen zu lassen. Und dann sollten wir Verstärkung holen.«

Aber Richard wollte die Höhle nicht verlassen. Er spürte, dass er der Lösung des Rätsels um die Kinder ganz nah war. Und doch erschien ihm das Tunnelsystem zu groß, um es alleine zu durchkämmen.

»Ich vermute, dass diese Höhle mehrere Ausgänge besitzt«, sagte er. »Vielleicht gehen wir auch im Kreis.«

Ihm war aufgefallen, dass sie mittlerweile an mehreren Stellen schon einmal vorbeigekommen waren. Doch aus dem Stegreif konnte er nicht sagen, welcher Gang sie zum Eingang zurückführte. Sie würden eine Weile suchen müssen.

Es kümmerte ihn jedoch kaum. Im Gegenteil.

Die Faszination der Höhle hielt ihn gefangen. Deutlich besser gelaunt schritt er aus. Am liebsten hätte er angefangen, ein kleines Lied zu singen, doch das hätte seine Begleiter alarmiert. In Gruelhots Bericht war die Rede davon gewesen war, dass der Rattenfänger nicht nur Tiere, sondern auch Bäume beherrschte. Warum also nicht auch diesen Berg? Seltsamerweise war ihm diese Erkenntnis gleichgültig Er fühlte sich wohl hier. War auf dem Weg, die Kinder zu retten, er würde sie schon finden. Wenn es nach ihm ginge, könnte er den ganzen Tag hier verbringen.

Dann plötzlich, mit einem Schlag, änderte sich seine Stimmung, ohne dass es einen Auslöser dafür gegeben hätte. In diesem Moment wurde Richard klar, was wirklich vor sich ging. Es konnte gar nicht anders sein. Es erklärte alles. Seine Stimmungswandel, seine Alpträume, seine Visionen. Es lag nicht am Entzug von Wein und Bier, nicht an seinem Kopf, in dem es drunter und drüber ging, nicht daran, dass er krank war. Es lag am Rattenfänger. Jetzt plötzlich glaubte er an die magischen Kräfte. Der Rattenfänger war tatsächlich ein Dämon, trieb sein Unwesen in dieser Gegend und brachte nicht nur ihn, sondern alle in Bedrängnis. Nur war Richard am anfälligsten. Er war der Charakterschwache, den der Fänger beliebig manipulieren konnte. Charakterschwach durch ihn peinigende Vergangenheit.

Bei diesem Flötenspieler handelt es sich um einen Dämon. Die Gier nach Seelen treibt ihn umher. Er zieht von Stadt zu Stadt und befreit die Leute von ihrem Ungemach, um danach von ihren Seelen Besitz zu ergreifen.

Der Priester, der sich in Hameln das Leben genommen hatte. Das blinde Mädchen auf dem Scheiterhaufen, der verschwundene Suchtrupp. Und der Jäger auf dem Altar? Hatte denn nicht Gruelhot erwähnt, dass es sich um einen verstoßenen Mann handelte, dessen Frust sich der Dämon zunutze machte? Genau wie bei Richard! Kein Zweifel, der Dämon hatte den Flötenspieler dazu gebracht, die Kinder aus der Stadt zu locken und ihn anschließend in den Tod getrieben, um finstere Mächte zu beschwören. Und diese wussten genau, dass Richard die Bedeutung der heidnischen Runen kannte, und hatte ihm den Befehl hinterlassen, das Mädchen herauszugeben. Natürlich hätte Richard das niemals getan. Doch nun, da Sigrun nicht mehr am Leben war, war Richard sich sicher, dass auch hinter ihrem Tod der Rattenfänger steckte.

Obwohl in der Höhle angenehme Temperaturen herrschte, spürte Richard wie aus jeder seiner Poren kalter Schweiß ausbrach. Plötzlich war es egal, ob sie die Kinder fänden. Es war ihm egal, als Bettler zu enden. Egal, keine Zukunft mehr zu haben. Ihr eigenes Leben war in Gefahr. Sie mussten hier raus! Nur wie? Und wie würden sie dabei dem Rattenfänger aus dem Weg gehen können?

Er konnte Angst und Schrecken verbreiten, Menschen gegeneinander aufwiegeln, sie gefangen nehmen, schließlich als Geister bis in alle Ewigkeit an diesen Berg binden. Sie mussten den Weg nach draußen finden. Sie mussten …

Er schüttelte, den Kopf, wollte den aufziehenden Nebel in seinen Gedanken vertrieben. Unsinn. Die Höhle war seine Chance! Die Kinder hier drin zu finden, war die letzte Möglichkeit, sein Leben wieder in Ordnung zu bringen.

»Da vorne ist die Stelle, wo wir vorhin waren!«, nahm Richard in dem Moment Ados Stimme wie aus einem anderen Raum wahr.

»Ja stimmt«, bestätigte Odulf. »Von da sind wir in die andere Richtung gegangen. Ich erkenne den Gang auch wieder.«

Richards Gedanken drehten sich im Kreis. Auch er erkannte die Stelle, an der sie sich orientieren konnten, um dann wieder aus der Höhle herauszufinden.

Aber nicht mit ihm! Am liebsten hätte er wütend gegen die Höhlenwand getreten.

Er wollte diese Höhle nicht verlassen!

Er wollte weder Sigrun begraben noch Verstärkung holen!

Ado war wie immer zu vorsichtig. Seit wann gab *er* die Anweisungen? Es wäre besser gewesen, Richard hätte sich auf die Suche nach den Kindern mit Odulf allein begeben.

Plötzlich fiel es ihm ein.

Sie konnten überhaupt nicht zurück nach Hameln.

Die Pferde! Als er bei ihnen gestanden hatte, war er von etwas gepackt worden, was seinen Verstand vernebelt hatte. Wie in einem Reflex hatte er sein Schwert gezogen und allen drei Rössern die Kehle durchtrennt. Als ob es ihm eine innere Stimme befohlen hätte. Im gleichen Moment hatte er das eben Geschehene auch schon wieder vergessen gehabt und sich auf dem Weg zu Ado und Odulf befunden.

Aber: Das war in Ordnung.

Er atmete tief ein. Der Rattenfänger würde dafür sorgen, dass seine Söldner nicht mehr hinausfänden.

Und Richard behielt recht: Der vermeintlich direkte Weg aus dem Berg wollte nicht mehr aufhören. Ado und Odulf runzelten die Stirn. So tief waren sie doch nicht hineingegangen? Zumindest kam ihnen das so vor. Als sie ihn betreten hatten, hatten sie vielleicht höchstens hundert Schritt zurückgelegt. Aber nun mussten es bald fünfhundert sein, die sie in die Gegenrichtung gegangen waren, und noch immer nahm der Berg kein Ende.

»Ich glaube, das war vorhin doch nicht der Gang, in dem wir schon mal waren. », sagte Ado schließlich. »Ich denke, wir müssen umkehren. Ich fürchte, ich verliere die Orientierung.«

»Nein, der Weg hier muss es schon sein,« sagte Richard. »Ich weiß, wo es langgeht.«

»Aber Herr, das kann nicht stimmen, sonst wären wir schon längst im Freien!.«

»Ich weiß, wo es langgeht«, wiederholte Richard mit fester Stimme.

»Schon die Tage vorher haben wir enorme Umwege gemacht, Herr, weil Ihr

Euch sicher wart, den richtigen Weg zu nehmen«, warf Odulf ein.

»Ja, aber schlussendlich haben wir die *Teufels Küche* doch gefunden.«

»Mich würde trotzdem interessieren, wie weit wir noch vom Eingang entfernt sind,« sagte Ado.

»Wir befinden uns in seiner unmittelbarer Nähe«, sagte Richard. »Zufrieden jetzt?«

»Ich glaub nicht ...«

»Vertraut mir einfach! Wir gehen in die richtige Richtung.«

»Wir stecken im Nirgendwo!« Odulf war aufgebracht. »Ich kann hier nichts wiedererkennen. Woran wollt Ihr sehen, dass uns dieser Gang nach draußen führt?«

»Gehen wir doch einfach weiter«, schimpfte Richard.

»Hochwohlgeboren, Ihr habt die ganze Zeit gesagt, Ihr wisst, wo es langgeht,« schrie Ado. »Also gut. Führt uns hier raus! Hochwohlgeboren, bei allem Respekt!«

»Ganz ruhig,« sagte Odulf, sichtlich um Beherrschung kämpfend. »Können wir uns bitte beruhigen? So kommen wir nicht weiter!«

Ado stampfte leicht mit dem Fuß auf, schnaubte und eilte mit großen Schritten weiter den Gang entlang. »Na gut!«, schrie er in die Höhle hinein. »Wir werden ja sehen!«

Richard lächelte, folgte ihm dann und winkte Odulf, ebenfalls aufzuschließen. Für eine Weile schenkten sie ihrer Umgebung keine Beachtung, bis sie plötzlich überrascht vor einem Loch stehenblieben, das sich vor ihnen auftat, so als ob es an dieser Stelle einen Einbruch des Bodens gegeben hätte. Das Gefälle des Randes ließ einen gerade noch ohne Schwierigkeiten hinunterklettern. Im Licht ihrer Fackeln sahen sie, wie der Anstieg auf der gegenüberliegenden Seite des Lochs relativ flach verlief.

»Wollen wir da wirklich durch?«, fragte Ado.

»Was sollen wir denn sonst machen?«, fragte Odulf. »Wieder umdrehen? Was soll schon passieren?«

»Sehe ich genauso«, sagte Richard und ging als Erster weiter.

Er kletterte den Geröllabhang hinab. Odulf folgte, während Richard bereits die andere Seite wieder hinaufstieg.

*

Ado hatte ein ungutes Gefühl. Am liebsten wollte er an diesem Punkt einfach umkehren. Der Gang führte nicht ins Freie. Das konnte einfach nicht stimmen!

Du hast deine Orientierung längst verloren!

Er presste die Lippen zusammen und versuchte, sich einzureden, dass alles gut gehen würde. Dann setzte er den Fuß auf den Rand des Abhangs. Um nicht zu rutschen, musste Ado tief in die Knie gehen, sodass sein Hintern den kühlen Boden spürte. Als er sich langsam nach unten vorarbeitete, blieb er mit seiner Tasche an einem Stein hängen, verlor sie beinah.

»Mist!«, flüsterte er und suchte einen Moment Halt. Schwankend richtete er sich auf, kehrte den Staub von seiner Kleidung. Dann stieg er weiter hinab.

Als er fast unten war, fühlte er plötzlich etwas Pelziges unter seiner Hand, mit der er sich am Boden abstütze. Blitzartig zog er sie weg, leuchtete mit einer Fackel dorthin und sah eine fette Ratte davonhuschen. Ratten! Schweiß trat aus seinen Poren. Er machte eine ruckartige Bewegung von dem Tier weg. Dabei verlor er im lockeren Kies das Gleichgewicht, rutschte aus und landete auf dem Grund des Lochs. Sein Knie schlug hart auf einem Stein auf, sodass es zu bluten begann. Die Ratte war in der Dunkelheit nicht mehr zu sehen, aber der Schock saß tief.

»Alles in Ordnung?« hörte er seinen Herrn fragen.

»Ich bin nur ausgerutscht.«

Ado stand auf und rückte seine Tasche zurecht. Dann sah er sich noch einmal um und leuchtete den Geröllhaufen hinter ihm ab. Er befürchtete, die Ratte könne nach wie vor in der Nähe sein. Vielleicht mit einem ganzen Pulk. *Seine Ratten! Die Ratten des Rattenfängers!*

Instinktiv wischte er sich noch einmal den Staub vom Leib, bevor er begann, den flachen Hang hinaufzusteigen, an dessen Rand die anderen immer noch auf ihn warteten.

Gewissenhaft leuchtete Ado noch einmal das Geröll ab und tastete nach Rattenlöchern. Nichts zu sehen, nichts zu spüren.

Beim Anstieg schmerzte das Knie, auf das er gestürzt war. Seine Hose war blutgetränkt, doch sie war nicht zerrissen.

Als er sie untersuchte, blieb an seiner Handfläche Blut zurück. Ado stöhnte laut, wischte sich die Finger an einem Stein ab. Diese Höhle gab ihm den Rest!

»Mir wird langsam kalt«, rief er zu den anderen hoch. »Geht es euch genauso?«

Keine Antwort.

Waren die beiden weitergegangen?

»Hallo?«

»Wir warten! Aber nicht mehr lange!«

Ado fluchte. Warum musste sein Herr einen anderen Weg nach draußen wählen? Durch ein Labyrinth zu gehen, ohne einen Plan für den Notfall, das war eindeutig ein Zeichen von Naivität. Daraus würde er lernen, schwor sich Ado. Niemals den sicheren Weg verlassen, das würde er sich hinter die Ohren schreiben.

Er griff nach einem größeren Gesteinsbrocken, der einigermaßen fest aussah, und kletterte den Hang hinauf.

*

Kaum war Ado in Richards Sichtweite, schrie er seinem Herrn auch schon zu: »Wir hätten den sicheren Weg niemals verlassen sollen!«

Statt einer Antwort deutete Richard auf eine Abzweigung, die sich vor ihnen auftat und sagte: »Da hinein!«

Die beiden Söldner widersprachen nicht.

Mit Richard voran gingen sie den abzweigenden Gang entlang. Der Ritter wusste, dass die beiden Männer hinter ihm im Kopf die Schritte mitzählten, die sie hinter sich brachten, und dass sie versuchten, sich an irgendeine Stelle zu erinnern. Er lächelte in sich hinein.

Tatsächlich erreichten sie jedoch nach einer Weile eine Stelle, die ihnen bekannt vorkam. Erstaunt blieb Richard stehen. Waren sie jetzt doch den richtigen Weg gelaufen? Odulf stöhnte erleichtert auf. »Na also!«

Ado zögerte. »Nein, das ist nicht das Gewölbe, in dem wir vorher standen. Dieses hier sieht dem von vorhin recht ähnlich, aber es ist nicht dasselbe.«

»Lass das, Ado!«, rief Odulf. »Ist das ein Witz? Ich finde das im Moment nicht lustig!«

»Nein, das ist kein Scherz«, entgegnete Ado energisch. »Die Wand hier drüben ist nicht so rau. Das ist mir zufällig aufgefallen.«

Richards Augen wanderten über den Stein, und ihm fiel auf, dass er aussah, als sei er behauen worden. Auch Ado schien dies zu bemerken.

»Ich habe langsam das Gefühl, dass diese Höhle ... keine natürliche ist, sondern ganz bewusst so angelegt wurde«, sagte der Söldner. »Das sollen wohl wirklich Geheimgänge sein. Geheimgänge, in denen Räuberbanden ihre Beute verstecken.«

»Oder aus denen sie nicht mehr herausfinden«, sagte Odulf resignierend.

»Interessant ist das ja schon«, sagte Richard. »Bei der Handarbeit, die dafür notwendig ist, muss die Höhle über mehrere Jahrzehnte entstanden sein. Oder der Großteil davon besteht aus natürlichen Hohlräumen. Das ist ja dann ein Sensationsfund, den wir gemacht haben!«

»Euer verdammter Sensationsfund hilft uns einen Dreck, wenn wir hier nicht mehr herausfinden!«, brüllte Ado ihn an. »Mich würde es nicht wundern, wenn wir noch ein paar Skelette finden!«

»In welchem Ton redest du mit mir? Das muss ich mir nicht anhören, dass ich an allem schuld bin!«, schrie Richard zurück.«

Wieder war es Odulf, der einlenkte. »Können wir uns bitte beruhigen! Ich bin mir sicher, dass wir irgendwie wieder herausfinden. Dieses Labyrinth kann doch nicht unendlich groß sein. Also, das Wichtigste ist erst mal, dass wir unseren Weg markieren. Damit wir wissen, wo wir schon mal gewesen sind. Ich markiere jetzt die Wand mit einem Pfeil in diejenige Richtung, in die wir gehen.« Er nahm einen Stein vom Boden und rieb ihn an der Felswand ab. »An jeder Wegkreuzung machen wir wieder einen Pfeil, je nachdem, in welche Richtung wir gegangen sind. Ich bin überzeugt, dass alle Gänge irgendwo zusammenführen. Dann können wir nach dem Ausschlussprinzip vorgehen.«

»Wir sind in Richtung Osten in die Höhle hineingegangen«, sagte Richard, der sich nicht anmerken ließ, wie völlig egal ihm Odulfs Vorschläge waren und nur etwas sagte, damit seine wahren Absichten nicht auffielen. Sie würden, so Richards Überzeugung, früher oder später auf diesem Weg auf die Kinder treffen. »Dann sind wir nach Südwesten abgebogen und wenn ich mich nicht irre, gehen wir jetzt gerade nach Norden zurück.«

»Ich habe die Befürchtung, je mehr wir versuchen, auf unseren alten Weg zurückzufinden, desto mehr verlaufen wir uns«, gab Odulf zu bedenken. »Davor sollten wir uns schützen. Wenn wir Richtung

Osten in den Berg hineingegangen sind, dann versuchen wir jetzt, nach Westen zu gehen. Und beten, dass wir da den Eingang wiederfinden. Folgerichtig sollten wir dem Gang dort folgen.«

Richard ging wieder voraus. Der neue Gang führte zunächst nach Westen. Sie bewegten sich etwa hundert Schritte in derselben Richtung fort. Dann machte der Gang zwei Biegungen, die erste ein wenig nach Südosten, die zweite nach Nordwesten. Odulf markierte die Stelle. Bald gabelte sich der Gang wieder. Odulf setzte den dritten Pfeil.

So bewegten sie sich Gang für Gang vorwärts, markierten ihre Wege, versuchten, die westliche Richtung einzuhalten, sprachen nur wenig.

*

»Lasst uns eine kurze Pause machen!«, schlug Ado plötzlich vor. »Ich brauch dringend einen Schluck Wasser.«

Sie blieben stehen. Ado öffnete seine Trinkflasche und nahm einen kräftigen Schluck. Nicht zu viel und nicht zu wenig. Niemand wusste, wie lange sie in dieser Höhle ausharren mussten. Er legte die

Flasche in die Tasche zurück und verschloss die Schnallen wieder.

Du wirst hier drin sterben!

schoss es ihm mit einem Mal durch den Kopf.

Nein, er weigerte sich! Er stemmte sich dagegen. Irgendwo musste der verdammte Ausgang sein. Er lauschte in der Hoffnung, vielleicht Vogelgezwitscher oder etwas Ähnliches von draußen zu hören. Nichts. Es war, als hätten sich die Felswände auf geheimnisvolle Weise verschoben. Als ob der Ausgang durch Zauberei verschwunden wäre.

Sie gingen weiter. Nach ein paar Schritten jedoch mündete der Gang in einen weiteren, der in Nord-Süd-Richtung verlief. In diesem Moment überkam Ado die bittere Gewissheit. Trotz Odulfs Idee würden sie hier nicht mehr herauskommen. Sie waren abgeschnitten von der zivilisierten Welt. Wie Aussätzige, die man verstoßen hatte. Auch die Dunkelheit und die flackernden Schatten, die ihre Fackeln an die Wände warfen, machten Ado inzwischen zu schaffen.

»Hilfe!« schrie er. »Wir stecken hier fest!«

Was er mit diesem Geschrei bewirken wollte, wusste er selbst nicht. Vielleicht hoffte er wirklich auf Rettung. Vielleicht wollte er sich aber einfach nur die Verzweiflung von der Seele schreien.

»Ich fürchte, hier kann uns niemand hören,« sagte Odulf.

Ado schluckte schwer und blinzelte die Tränen weg. Er hoffte in diesem Augenblick nur darauf, seine Freunde und Bekannten wiedersehen zu dürfen. Er erinnerte sich in diesem Moment an den Abschiedsgruß, den er jedem einzelnen vor seinem Aufbruch gegeben hatte. Nicht ahnend, dass dies vielleicht der letzte gewesen sein könnte.

Nein, jetzt bloß nicht in Panik verfallen! So weit durfte es nicht kommen! Sie hatten sich ein wenig verirrt, aber irgendwo musste dieser Stollen ja einen Ausgang haben. Irgendwann würden sie ihn finden. Und wenn es etwas länger dauerte.

Er fasste sich halbwegs.

*

Ados urplötzlich ausbrechende Angst versetzte Richard einen Schlag in die Magengrube. Sein Schritt wurde zügiger. Unbewusst zog er das Tempo an.

Er wusste plötzlich nicht mehr, dass er sich vor Kurzem noch innig gewünscht hatte, unbedingt in dieser Höhle zu bleiben. Dass er die wahren Absichten des Rattenfängers kannte. Dass die Pferde durch Richards eigene Hand gestorben waren.

Der Gedanke, sich verirrt zu haben, machte ihn krank. Die plötzliche Wendung seiner Einstellung war wieder mit Schwindel einhergegangen, es war, als habe ihn zusätzlich jemand gepackt und geschüttelt. Er hatte eine Musik in seinen Ohren vernommen, die er diesmal ganz klar mit einer Flöte in Verbindung brachte. Sie machte ihn gefügig, und alles, was er wusste, war, dass sie sich in dieser Höhle verirrt hatten. Und einen Weg nach draußen finden mussten. Und doch merkte er nicht, dass sich die Reste seines Verstandes allmählich auflösten. Wie sich Realität und Phantasie immer weiter vermischten. Und es nur eine Frage der Zeit war, bis ihn die nächsten Wahnvorstellungen heimsuchten.

Kühle Luft streifte Richards Wange. Der Gang stieg an. Hoffnung! War das etwa der entscheidende Anstieg zu einem Ausgang aus der Höhle? Sie waren einige Meter schneller gelaufen, als es passierte. Der Boden unter ihren Füßen wurde lockerer. Kleine Risse bildeten sich. Größere. Er gab nach und verschlang sie in einem Erdrutsch, der sie in die Tiefe zog. Einzig Odulf, der hinter Richard und Ado gegangen war, versuchte instinktiv, sich am Rand der einstürzenden Grube festzuhalten, seine Finger krallten sich in einen stabilen Felsvorsprung. Aber seine Kraft reicht nur für zwei Atemzüge, bevor auch er nach unten gezogen wurde. Er rutschte weg und verlor das Gleichgewicht.

Richard brüllte und versuchte panisch, irgendwo Halt zu finden. Doch alles, wonach er griff, stürzte mit ihm in die Tiefe. Ein Stein traf ihn am Kopf, seine Schläfe begann zu pochen, er verlor seine Fackel, hoffte, seine Tasche nicht auch noch einzubüßen, sein Körper schredderte an Geröll vorbei, schürfte Haut auf. Richard versuchte zu bremsen, aber es gelang ihm nicht. Nach etwa drei bis vier Mannslängen kamen sie hart auf.

»Seid ihr verletzt?«, keuchte Richard und suchte etwas benommen nach seiner Fackel, die er nicht weit von ihm entfernt wiederfand. Zu seinem Glück war sie nicht verschüttet worden und auch nicht ausgegangen.

»Ich glaube, ich habe mir den Knöchel verstaucht«, stöhnte Ado. Er sah sich um. »Ein Glück, dass wir wenigstens in einem anderen Gang gelandet sind.«

Tatsächlich befanden sie sich in einem weiteren Tunnel, der quer unterhalb zu demjenigen verlief, auf dem sie eben noch gelaufen waren. Richard wunderte sich über dieses von Menschenhand erschaffene Tunnelsystem. Wer hatte dies nur vollbracht? Und wann? Er sah nach oben. »Schaut euch mal an, wie tief wir gefallen sind! Da können wir nie und nimmer mehr hinaufklettern. Der Rückweg ist uns versperrt.«

»Dann bleibt uns wohl nichts anderes übrig, als dem Gang hier zu folgen«, sagte Ado kleinlaut. »Hoffentlich führen die Gänge irgendwo wieder zusammen.« Er besah seine Armbrust. Sie hatte keinen Schaden erlitten.

Die Blessuren und Wunden, die er sich bei seinem Sturz eingehandelt hatte, verursachten Richard bei jeder Bewegung einen stechenden Schmerz, andere brannten wie Feuer. Er sah zu Odulf, der sich abtastete. »Du hast Glück gehabt, dass du nicht in deine Lanze gestürzt bist«, sagte er zu ihm.

Odulf nickte. »Ein Kamerad von mir stürzte einmal während eines Angriffs in eine Fallgrube und wurde dort von einem Pfahl aufgespießt.«

Es dauerte noch einen Augenblick, bis sie ihren Schrecken überwunden hatten. Nach einer Weile rückte Richard seine Tasche zurecht, sah in die pechschwarze Dunkelheit des Ganges. Ihre Situation hatte sich nicht verbessert. Nein, sie hatte sich noch verschlechtert.

Was soll's, redete sich Richard ein. Uns fehlt nichts. Wir werden einen anderen Weg hier herausfinden.

»Da lang!«, sagte Richard laut und entschlossen.

Sie setzten sich in Bewegung.

Nach einer Zeit ohne nenneswerte Fortschritte beschlossen sie, eine Pause zu machen.

Richard öffnete die Verschlüsse seiner Tasche und holte die restlichen Essensvorräte heraus. Er legte alles zu Odulfs und Ados Vorräten. Jedem von ihnen knurrte der Magen. Sie mussten schon Stunden in der Höhle unterwegs sein. Wie spät mochte es gewesen sein, als sie die

Höhle betreten hatten? Wie lange irrten sie schon herum?

Seit ihrem Sturz hatten sie weitere unzählige Gänge beschritten. Die meisten von ihnen schlossen sich wieder anderen an, ein paar führten ins Leere und hörten einfach auf. Jetzt war es an der Zeit, die Vorräte zu inspizieren.

Ihre Nahrungsmittel umfassten noch einen halben Laib Brot, wenige Reste von getrocknetem Fleisch und drei Flaschen Wasser.

Als Richard seine Gurde nahm, spürte er ein übergroßes Verlangen. Sein Körper schrie förmlich nach Wasser. Er trank einen kräftigen Schluck. Dabei merkte er, wie sich die Blicke von Odulf und Ado auf ihn richteten. Die restlichen Vorräte mussten klug eingeteilt werden. Es war dumm, die halbe Flasche in sich hineinzuschütten. In ihrer Situation war es nur richtig, verantwortungsvoll mit dem, was sie besaßen, umzugehen. Selbst wenn ihm noch so sehr nach Wasser verlangte. Schuldbewusst setzte er die Flasche ab. »Jeder ein wenig Brot?«, fragte er.

Odulf und Ado nickten. Wie ausgehungerte Hunde bissen sie zu. Mit ebenso atemberaubender Hast schlang

Richard seinen Anteil hinunter. Noch nie hatte ihm Brot so gut geschmeckt.

»Ich habe Gott sei Dank noch ein paar Fackeln bei mir«, sagte Odulf undeutlich mit einem Stück Brot im Mund. »Weil ich immer auf Nummer sicher gehe. Wenigstens die sollten uns nicht so bald ausgehen.«

»Auch die müssen wir ab sofort einteilen. Von jetzt an trage nur noch ich eine«, sagte Richard.

»Wenn wir schon dabei sind, unsere Vorräte einzuteilen, um nicht zu entkräften, sollten wir uns dann nicht auch unserer Ausrüstung entledigen?«, fragte Odulf.

Richard dachte nach. Es widerstrebte ihm, die teure Ausrüstung zurückzulassen. »Wir lassen unsere Rüstung zurück. Aber die Waffen nehmen wir mit.«

Sie legten ihre Schilder und Kettenhemden ab und verstauten die Vorräte. Odulf ritzte einen weiteren Pfeil in die Wand.

»Diese Wegmarkierung hat uns bisher nicht weitergebracht«, bemerkte Richard missmutig. »Wir brauchen eine andere Strategie. Nach der Sonne richten, können wir uns schließlich auch nicht. Genauso wenig wie ein Signalfeuer entzünden. Abgesehen davon, würden wir ersticken.«

Ado wurde hellhörig. »Ersticken! Genau das ist es! Vielleicht sollten wir anfangen, nach Luftschächten zu suchen? Jemand, der ein derartiges Labyrinth konstruieren und bauen kann, hat sicherlich auch an Schächte gedacht, oder nicht? Vielleicht kann einer von uns hinausklettern und Hilfe holen. Vorher, bevor wir eingebrochen sind, da war es mir, als hätte ich einen Luftzug gepürt.«

»Glaubst du wirklich, dass wir so hier herauskommen?«, fragte Odulf mit bedenklicher Miene.

»Zumindest wäre es einen Versuch wert«, bestätigte Richard. »Mir sind ein paar Mal Löcher in der Decke aufgefallen. Der ein oder andere könnte breit genug für einen Menschen sein.«

»Wenn es sich denn auch um Schächte gehandelt hat«, brummte Odulf. »Und nicht nur um Spalten im Stein.«

»Gehen wir einfach weiter und halten Ausschau«, sagte Ado. »Mit ein bisschen Glück funktioniert es.«

Mit frischen Kräften machten sie sich auf den Weg. Die Idee gab ihnen neuen Mut.

Es dauerte nicht lange, bis sie fündig wurden.

»Da! Sehr ihr!« Ado zeigte triumphierend nach oben auf ein Loch in der Felsdecke. Es war gerade so groß, dass ein schlanker Mensch sich hindurchschlängeln konnte.

Odulf sah skeptisch nach oben. »Ich kann aber kein Tageslicht sehen.«

»Das liegt vermutlich daran, dass der Schacht von Gebüsch bedeckt ist«; entgegnete Richard. »Sonst hätte bestimmt schon jemand diese Höhle entdeckt.«

»Nichts für ungut, Herr, aber ich denke, es liegt eher daran, dass wir uns in einem Gang unter einem Gang befinden. Und wenn wir durch dieses Loch geklettert sind, geraten wir wieder in die obere Eben«, gab Odulf zu bedenken.

Richard hob die Augenbraue. »Gerade von dir hätte ich mehr Zuversicht erwartet. Wir werden jetzt da hindurch klettern. Ado, du wirst es versuchen.«

Ado sah Richard überrascht an. »Ich?«

»Du bist der Schlankeste und Leichteste. Odulf und ich passen nicht hindurch.

Nimm deinen Dolch mit, falls du kleinere Steine zur Seite räumen musst.«

Zögernd legte Ado seine Armbrust und die Tasche ab. Er steckte sein Messer in den Gürtel. »Macht mir eine Räuberleiter!«

Richard und Odulf beobachteten, wie Ado sich reckte und nach den Rändern des Durchlasses im Gestein griff.

Dann verschwand sein Körper allmählich.

*

Es kostete Ado viel Überwindung, in das enge Loch zu schlüpfen. Er hasste es, durch schmale Erdhohlräume zu kriechen, in denen sich womöglich allerhand Viecher befanden. Ratten. Spinnen. Krabbeltiere. Obendrein immer mit der Gefahr, stecken zu bleiben. Aber es half nichts. Es war vielleicht ihre einzige Möglichkeit, aus der Höhle zu kommen. Etwas mühselig fand er in dem schmalen Spalt Halt. Behutsam tastete er sich vor. Es roch nach Kies. An den Wänden standen glücklicherweise ausreichend kleinere Felsvorsprünge hervor, auf denen er sich abstützen konnte. So kletterte er Stück für Stück nach oben, manchmal musste er den Bauch einziehen. Er fragte sich, wie lang der Schacht sein mochte. War er bis ganz nach oben breit genug für ihn? Was, wenn er plötzlich abrutschte? Stecken blieb? Nein, lieber nicht daran denken …

Während Ado sich voran kämpfte, überlegte er, was er tun würde, sobald er aus diesem verdammten Loch heraus und im Freien war. Hilfe holen. Woher? Nein. Besser schnell zurück zu den Rössern und in die nächste Ortschaft reiten.

Der Schacht wurde schmäler. Nur mit Mühe vermochte Ado sich jetzt nach oben vorzuarbeiten, bis er schließlich nicht mehr weiter kam. Mehrere Male versuchte er es, blieb dabei stets mit seinen Schultern hängen.

»Nein!« schrie er wütend.

»Ist alles in Ordnung?« hörte er Richard und Odulf undeutlich.

»Ich komm nicht mehr voran. Da ist Geröll. Viel Geröll!«

Von unten drang ein lautes »Verflucht!« herauf. Immer wieder stemmte er sich gegen das Geröll, das ihm den Weg versperrte. Kleinere und größere Steine rollten an ihm vorbei. Doch alle Mühe war vergeblich.

Verzweifelt trat Ado den Rückweg an. Er wollte jetzt nur noch raus aus diesem Loch. Teilweise ließ es sich so schnell nach unten gleiten, dass er ein paar Mal Gefahr lief, abzurutschen. Nur mit Mühe gelang es ihm, wieder Halt zu finden.

Endlich stand er wieder auf dem Boden des Gangs. »Verflucht!«, stieß er mühsam hervor.

»Dann versuchen wir es eben mit einem anderen Luftschacht«, sagte Richard. »Es ist unsere einzige Chance. Wir sollten jetzt nicht gleich aufgeben.

Odulf nickte, markierte die Wand, und sie folgten dem Gang. Vermutlich nach Westen. Ado schloss zuerst nicht auf, alles tat ihm weh, er brauchte einen Augenblick, um seine Glieder zu sortieren, sie schienen ihm nicht mehr richtig zu gehorchen.

Als er die anderen wieder erreicht hatte, entdeckten sie wenig später weitere Luftschäfte, aber alle erschienen ihnen zu klein. In der pechschwarzen Dunkelheit, die nur durch den Schein von Richards Fackel durchbrochen wurde, macht sich Ernüchterung auf ihren Gesichtern breit. Seit ihrem Eintritt in die Höhle hatten sie kein Sonnenlicht mehr zu Gesicht bekommen, und ihr Zeitgefühl war längst verloren gegangen. Müdigkeit und Erschöpfung machten sich bemerkbar. Sie wussten nicht, ob es Tag oder Nacht war. Wussten nicht, ob es überhaupt noch derselbe Tag war. Achteten nicht mehr auf Zeichen, Pfeile, Himmelsrichtungen. Die Hilflosigkeit lähmte ihre Entschlusskraft, ließ sie nur noch instinktiv einen Fuß vor den anderen setzen.

Schließlich waren sie am Ende. Kraftlos setzten sie sich auf den Boden. Richard befestigte die Fackel zwischen aufgeschichtetem Geröll. Es half alles nichts. Sie würden hier schlafen müssen. Nur ein wenig. Um wieder zu Kräften zu kommen.

10. Kapitel

Als Ado erwachte, kam ihm alles um ihn herum fremd vor. Sein Bett fühlte sich unbequem an. War er etwa herausgefallen? Langsam realisierte er, dass er aus einem angenehmen Traum fiel. Und alles krampfte sich in ihm zusammen.

Richard hatte Wache gehalten, und Odulf kroch gerade unter seiner Decke hervor. Beide sahen trübe in den Gang hinein. Die Fackel brannte immer noch.

Plötzlich zuckte Ado zusammen. Aus der Tiefe der Höhle kamen Geräusche. Ein dumpfes Knacksen und Pochen. Irgendwas schien sich dort zu bewegen.

Bei Gott! Was mussten sie noch alles mitmachen? Vergebliches Umherirren. Auf der aussichtlosen Suche nach einem Ausgang. Noch bevor sie eingeschlafen waren, hatten sie sich angeschrien und gegenseitig die Schuld zugeschoben, schließlich verzweifelt und völlig übermüdet aufgegeben und beschlossen, sich endlich auszuruhen. Und nun schien es auch noch so, als ob sie hier nicht allein wären.

Alarmiert spähten sie in die Dunkelheit. Konnten nichts erkennen. Was auch immer es war, es war zu weit weg, tief in den Gängen verborgen.

»Hallo, ist da jemand?,« rief Richard.

Das Knacksen und Pochen ließ Ado erschaudern. Vielleicht waren hier doch Räuberbanden unterwegs. Oder ein Tier? Sofort aber kehrten all die negativen Gedanken zurück, die ihn immer quälten.

Du wirst hier drin sterben! Ob durch Verhungern oder etwas anderes, das dich tötet. Möglicherweise wirst du aufgefressen. Wenn man diese Höhle in hundert Jahren einmal entdeckt, wird man nur noch dein Skelett finden!

Für einen Moment glaubte er wahrhaftig an dieses Schicksal. Er dachte an all die Knochen der Heiden, die man gelegentlich in alten Gräbern fand.

Schluss damit! Reiß dich zusammen! Denk lieber darüber nach, wer oder was diese Geräusche verursacht. Aber bei dem Gedanken bekam er Angst.

Was das auch ist, es wird dich töten! Du wirst gar nicht erst verhungern können!

Ado blieb in seiner Decke liegen, klammerte sich an ihr fest. Er wurde nervös.

Wenigstens hatten sie Waffen, dachte er verzweifelt. Die Höhle, in der sie sich befanden, kam ihm jetzt noch kleiner vor. So als wären die Wände und die Decke näher an ihn herangekommen, als er geschlafen hatte. Was half einem eine Armbrust, wenn man der Bedrohung nicht mehr rechtzeitig ausweichen konnte?

Wieder hörte man ein Knacksen.

Dann ein Pochen.

Darauf war es kurzzeitig still.

»Klingt in etwa so, wie das, was ich letzte Nacht gehört hab,« sagte Odulf. »Hochwohlgeboren, sollen wir nachsehen, was das ist?«

»Wir sollten«, bestätigte Richard.

»Ich bleib hier«, sagte Ado.

»Warum das?«, fragte Richard.

»Sollte … nicht jemand bei den Sachen bleiben?« fragte er und versuchte, sich seine Furcht nicht anmerken zu lassen.

Richard zögerte einen Moment. »Na schön. Dann halte du hier die Stellung.«

»Ich brauche aber eine Fackel.«

»Dann nimm dir eine!«

Ado griff zitternd nach einer Fackel. Richard spendete ihm Feuer. Dann gingen Richard und Odulf. Ado blieb zurück.

Mit jedem Herzschlag wurden Ados Gedanken lauter. Er konnte sie nicht unterdrücken.

Das ist der Rattenfänger. Ihr seid ihm in die Falle gelaufen. Er lauert jedem auf, der seinen Spuren folgt. Er lässt seine Opfer so lange umherirren, bis sie den Verstand verlieren. Dann tötet er sie und übernimmt ihren Geist. Bald wird er auch dich holen. Du wirst verrückt werden. Dein Schreien wird sich in ein irres Lachen verwandeln. Du wirst dein Leben verlieren. Er wird dich an diese Höhle binden. Für immer.

Etwas kam näher.

Das Licht seiner Fackel macht Ado mehr Angst als Mut. Er glaubte, Schatten von Geistern oder Gespenstern zu sehen. Beinahe dachte er, in den Felswänden

Gesichter erkennen zu können. Hässliche Fratzen.

Er lud seine Armbrust mit einem Bolzen.

Aber sollte er die Fackel nicht lieber ausmachen, um keine Aufmerksamkeit zu erregen?

Es kommt auf dich zu, Ado! Es wird dich holen. Du kannst dem nicht entkommen!

Verzweifelt versuchte Ado, sich gegen diesen Gedanken zu wehren. Sein Atem stockte. Er krallte sich immer fester an seine Armbrust. Das Rascheln der eigenen Stiefelsohlen auf dem Kiesboden jagte ihm ebenfalls Schrecken ein. Es erinnerte ihn an die Ratten.

»Hallo?« flüsterte er. Ging in die Knie, zielte.

Keine Antwort. Dennoch befand es sich in unmittelbarer Nähe. Es bewegte sich. Er wusste, er hatte nur einen Schuss. Und wenn der nicht saß …

Eine gefühlte Ewigkeit kniete Ado zusammengekauert, seine Armbrust fest umklammert. Bei jedem Knacksen und Pochen schien sein Herz stillzustehen. Ab und zu warf er einen Blick auf seinen Dolch, überlegte, die Waffen zu wechseln, entschied sich dagegen. Wieder ein Poltern. Diesmal aber von weiter weg. Es schien sich zu entfernen.

Als Richard und Odulf zurückkamen, saß Ado da, bebend in seine Decke gehüllt, und begrüßte sie mit weit aufgerissenen Augen leise. »Was habt ihr gefunden?«, fragte er dann.

»Da war nichts«, sagte Richard. »Wir sollten wieder schlafen gehen.«

»Warum sitzt du hier im Dunklen?« fragte Odulf.

»Meine ... Fackel ist mir heruntergefallen und ausgegangen,« sagte Ado.

Er konnte nichts von seinem Erlebnis erzählen. Die beiden hätten ihn für verrückt erklärt.

Richard steckte seine Fackel wieder in den Boden und setzte seine Wache fort. Ado stellte fest, dass die Müdigkeit die Angst langsam in ihm besiegte, wollte aber noch wach bleiben.

»Was glaubt Ihr, was das war?« flüsterte Ado seinem Herrn nach einer Weile zu. Odulfs feste Atemzüge signalisierten, dass er schon eingeschlafen war.

»Keine Ahnung. Schlaf jetzt.«

Aber Ado konnte nicht.

Wo waren die beiden gewesen, als die Geräusche sich Ado genähert hatten? Hatten sie sich einen Scherz mit ihm erlaubt? Und hatte Odulf nur vorgegeben, er habe auch etwas gehört? War das alles ein abgekartetes Spiel? Der Gedanke kam Ado erst jetzt. Er schien ihm gar nicht so abwegig. Aber bevor er weiter darüber nachdenken konnte, war er eingeschlafen.

11. Kapitel

Ado hatte die letzte Wache übernommen. Doch anstatt pflichtbewusst auf die Sicherheit seines Herrn, seines Kameraden Odulf und seiner selbst zu achten, war er komplett übermüdet immer wieder mal eingenickt. Richard und Odulf schliefen tief und fest. Sie hatten nichts bemerkt.

Er dachte erneut an die Geräusche. Sie waren keine Einbildung gewesen, alle hatten sie gehört. Plötzlich wurde ihm kalt, er legte sich seine Decke um die Schultern.

Trotz seiner inneren Erregung hatte er Mühe, sich wach zu halten. Als er die Sitzposition veränderte, um etwas aufmerksamer zu sein, sah er den kleinen Kadaver eines Tieres neben der Fackel. Eine Ratte. Wann war sie dort verendet? Und woran?

Er versuchte, das tote Tier zu ignorieren und griff mit leicht zitternder Finger nach seiner Wasserflasche. In der Bewegung hielt er inne. Neben Richard lag eine weitere tote Ratte. Nein, als ob die zwei Ratten nicht schon genug wären, auch neben Odulf lag eine. Wo in Gottes Namen kamen die her?

Ado nahm die Fackel und leuchtete seine Umgebung ab. Drei tote Ratten. Für jeden von ihnen eine. Jemand musste sie dort hingelegt haben. Als sie alle drei geschlafen hatten. Fröstelnd zog er seine Decke fester um sich. Jemand war in ihrer Nähe, der ein Spiel mit ihnen trieb.

Er rüttelte Richard und Ado wach.

Ado zeigte auf die Kadaver. »Die hätten uns doch auffallen müssen, als wir das Lager aufgeschlagen haben.«

Sein Herr setzte sich ruckartig auf. »Die hat jemand hierher gelegt?«

»Wer denn?«, fragte Odulf.

»Keine Ahnung, aber von alleine fallen die ja nicht so um, oder?«, entgegnete Ado.

»Hört auf mit diesen Anspielungen«, herrschte sein Herr ihn gereizt an. »Ehrlich, es ist mir gleichgültig, wer das war oder woher diese Ratten kommen.« Er stand auf. »Wir haben lang genug ausgeruht. Lasst uns zusammenpacken und weitergehen.«

Sie nahmen eine Kleinigkeit zu sich. Dann marschierten sie wieder los, nachdem Odulf einen Pfeil an die Wand gemalt hatte. Doch eine rechte Vorstellung, wo sie langgehen sollten, hatten sie wie immer nicht. Wiederum änderten sie mehrmals die Richtung.

»Hochwohlgeboren, Euren Dienern, meiner Frau, ihnen wird früher oder später unser Verschwinden auffallen. Doch erst in ein paar Tagen«, meinte Odulf. »Trotzdem ist es fraglich, ob man uns einen Suchtrupp hinterherschickt..«

»Es hilft auch nichts, weil er zuerst diese Höhle finden müsste«, sagte Ado.

Die Stimmung wurde immer schlechter. Ado warf seinem Herrn wieder vor, sie ahnungslos in die Irre geführt zu haben. Dieser wehrte sich entschieden dagegen. Anschuldigungen wechselten sich mit dickköpfigem Schweigen ab.

Nach einer Weile hatte Ado genug. Er war müde, verwirrt, wütend, und seine Zukunft war ungewiss. Er blieb stehen und setzte sich einfach auf den Boden.

»Was ist los?«, fragte sein Herr. »Auf diese Weise werden wir hier nicht …«

In einer Drohgebärde hielt ihm Ado die Faust entgegen. »Lasst es! Lasst es einfach!«

Sein Herr schwieg. Auch auf seinem Gesicht zeichnete sich eine gewisse Hoffungslosigkeit ab.

Schließlich rappelte sich Ado wieder auf, ging wortlos weiter. Keiner sprach ein Wort.

Und dann war es wieder da. Das Gefühl, diesen Gang schon einmal gesehen zu haben. Wieder blieb Ado stehen. Glotzte auf die Felswand. Sein Mund wurde trocken.

Es war der Gang, in dem Odulf den ersten Pfeil gesetzt hatte. Wie konnte das nur sein?

»Nein!« schrie Ado plötzlich so laut, dass Odulf erschrocken ins Stolpern kam. »Das kann nicht sein! Wenn wir jetzt im Kreis gegangen sind, will uns jemand aufs Korn nehmen! Den bring ich um! Das ist der kleine Pfeil, den Odulf vorhin in die Wand geritzt hat. Ich kann mich genau erinnern!«

Von irgendwo kam das Echo zurück.

Sie waren heute fast den ganzen Tag lang nur in eine Richtung marschiert. Wie um alles in der Welt sollten sie also wieder hier gelandet sein? »Hier ist einer von Odulfs Pfeilen!«

Jetzt packte auch seinen Herrn sichtlich die Wut. »Ich weiß sehr wohl, ob wir im Kreis gehen oder nicht! Wir sind heute ausschließlich in eine Richtung gegangen, hast du das verstanden? Ich habe keinen blassen Schimmer, warum wir hier gelandet sind!«

Er sah sich den Pfeil jetzt näher an. Ja, da war das Kreuz, dass Odulf zusätzlich daneben eingeritzt hatte. Auch er schien sich zu erinnerten sich.

Odulf setzte sich verzweifelt auf den Boden. »Wir werden hier drin sterben!«

*

Richard sah sich den Pfeil jetzt näher an. Ja, da war das Kreuz, dass Odulf zusätzlich daneben eingeritzt hatte. Auch er erinnerte sich.

Er schlug die Hände vors Gesicht und lehnte sich an die Wand. Knapp werdende Vorräte, zu wenig Fackeln, und kein Mensch wusste, dass sie hier waren.

Nach einiger Zeit ergriff er als Erster das Wort. Er bemühte sich, seine Stimme so beruhigend wie nur möglich klingen zu lassen. »Es sieht so aus, als wären wir in der Tat an der Stelle gelandet, an der wir schon mal waren. Aber irgendein Weg muss ja …«

»Es ist vollkommen gleichgültig, welchen Weg wir gehen!«, schrie Ado ihn an. »Wir finden hier nicht mehr raus!«

Richard wollte ihm seinen Plan erklären. »Ado …«

Sogleich fuhr Odulf ihm ins Wort. »Lasst ihn!«

»Odulf, wir ...«

»Später!«

Richard zögerte.

»Bitte, Hochwohlgeboren!« sagte Odulf. »Später! Ado ist am Ende seiner Kraft, seht Ihr das denn nicht?«

Richard schwieg. Er ließ sich auf den Boden nieder, dachte nach.

»Ich hätte nicht gedacht, dass ich mal in einer Höhle sterben würde«, sagte Ado nach einer Weile leise, anscheinend hatte er sich mit seinem Schicksal abgefunden. »Alle sagen einem, dass man niemals eine unbekannte Höhle betreten sollte. Und wir haben es trotzdem gemacht. Deswegen müssen wir jetzt den Preis bezahlen.«

Auch Odulf hatte resigniert. »Hochwohlgeboren, es bringt nichts. Wir haben alles Mögliche versucht. Nichts hat uns weitergebracht. Wir sind jedes Mal nur noch tiefer in die Höhle geraten.«

»Was willst du denn stattdessen tun? Sitzen bleiben und warten, bis du verhungerst?«

Odulf stieß ein sarkastisches Lachen aus. »Ja, vielleicht wäre das das Beste. Lasst mich einfach hier. Und wenn Ihr es irgendwann irgendwie schafft, noch aus diesem Loch heraus zu kommen, könnt Ihr mich ja holen.«

»Hinter all dem steckt dieser Rattenfänger!«, sagte Ado. »Warum tut er das?«

»Er wurde betrogen,« antwortete Odulf. »Er befreite Hameln von ihrer Rattenplage und bekam dafür das versprochene Geld nicht. Dafür nimmt er Rache.«

»Dann bezahlen wir ihm doch einfach, was ihm zusteht!«, sagte Ado.

»Dafür ist es zu spät,« entgegnete Richard. »Jetzt nimmt er sich sattdessen Seelen. Was hatte Gruelhot gesagt? ›Nur der Tausch gegen die Seele eines tapferen Mannes, der es mit ihm aufnimmt, könnte die Kinder befreien.‹«

Die Verzweiflung der Männer war mit den Händen greifbar. Ein letztes Mal versuchte Richard, sie zum Fortbewegen zu animieren, dann brach er angesichts der leeren Augen seiner Zuhörer mitten im Satz ab. Stumm setzte er sich. Sie hatten aufgegeben. Sie warteten nur noch auf Rettung oder ihr baldiges Ende.

12. Kapitel

Nachdem sich Odulf hingesetzt hatte und sich auch Ado weigerte weiterzugehen, ordnete Richard eine weitere Pause an und schlug vor, die erste Wache zu übernehmen. Tatsächlich schliefen seine Söldner wenig später ein. Verwirrung und geistige Entkräftung hatte wohl ihre Körper geschwächt. Richard warf einen Blick auf die beiden und beschloss, abseits in Ruhe nachzudenken. Er entfernte sich vom Lager. Nur so weit, dass er wieder zurückfand. Für einen Moment dachte er nicht mehr an Ado und Odulf, an ihre Notsituation. Er brauchte Wein. Und zwar sofort.

Nachdem er einige Schritte gelaufen war, lehnte er sich an die Wand und schloss die Augen. Er stellte sich vor, dass der Flötenspieler die Kinder in diese Höhle zu einem Ritual geführt haben könnte. Möglicherweise zu einem rauschenden Fest. Hier, in dieser Höhle, wo er ungestört den Teufel heraufbeschwören konnte. Vielleicht schenkte er gar Bier und Wein an die Knaben und Mädchen aus. Es war ja nichts Ungewöhnliches, dass man selbst Kindern schon morgens eine Biersuppe gab, da kaum sauberes Trinkwasser zur Verfügung stand.

Richard stellte sich den Pfeiffer als einen langhaarigen, alten Mann mit schwarzen Gewändern vor. Der in der Mitte des jungen Gesindes vor einem Kessel stand, um eine giftgrüne Brühe anzufertigen. Er besaß kleine Beutel, in denen sich die teuflischen Zutaten befanden. Dabei sprach er Zauberformeln, um die Dämonen milde zu stimmen. Um ihn herum hörte man die Kinder. Die älteren unter ihnen unterhielten sich über weltliche Dinge. Dazwischen lautes Gelächter. Mehrmals war der Name Gruelhot zu hören. Eines der Kinder hatte seine Laute mitgenommen.

Die Kinder waren gierig nach dem süßen Honigwein, dem beliebten Met. Manche schwankten betrunken. Hier und dort lagen sie regungslos auf dem Boden. Der Rattenfänger hatte sein Ziel erreicht. Sie waren in seiner Hand.

Beinahe glaubte Richard, das festliche Ritual wirklich vor sich zu sehen. Es war, als ob er in einem schlecht inszenierten Schauspiel bereits die Katastrophe vorhersehen würde. Auch er war nun in dieser Höhle gefangen. Sollte ihm dasselbe passieren?

Hätte er doch nur einmal das blinde Mädchen fragen können, ehe sie auf dem Scheiterhaufen brannte …

Richards Schlussfolgerung nach hatte der Rattenfänger die Kinder getötet und nun als Geister für immer an diese Höhle gebunden. Diese Erklärung würde sich den Berichten Gruelhots und seiner Ratsherren anschließen. Richard hatte die Gefahr unterschätzt. Wollte nicht an Dämonen glauben. Der Rattenfänger hatte nun auch ihn, Ado und Odulf in die Falle gelockt.

Doch was war schon der Tod, wenn man dadurch zur Legende würde? Noch nach Jahrhunderten würde man ihre Geschichte erzählen. Die Spukgeschichte von dem Ritter und seinen Söldnern, die in den Wald gingen und nicht mehr zurückkehrten. Und der Legende nach als Geister noch im Poppenberg anzutreffen seien. Dadurch würde ihr Name unsterblich bleiben. Sein Name.

Plötzlich glaubte er, im schwachen Licht seiner Fackel ein Fass zu sehen. Daneben stand eine kleine Gestalt. Er roch sogar den Duft von Honigwein, der durch die Höhle zog. Dieser Geruch, der ihm im Kreis seiner Kameraden damals immer die Sinne vernebelt hatte, als er der Trunksucht erlegen war.

Langsam näherte sich Richard der Stelle, an der er das Fass sah. Dann war es verschwunden. Richard seufzte. Er erinnerte sich an die Stimmen im Kerker von Hameln. Die Ratten am See. Den toten Jungen in der Höhle. Jetzt also wieder. Auch wenn er die Hand dafür ins Feuer gelegt hätte, dass er das Fass tatsächlich gesehen hatte. Es war zweifellos der Schimmer eines Fasses gewesen. Die Umrisse, die Silhouette. Er hatte immer noch den Geruch des Weines in der Nase. Dieser war aufdringlich, beinahe real.

Richard spuckte auf den Boden und setzte sich an jener Stelle, an der er das Fass gesehen hatte, hin. Er verspürte den unheimlich großen Wunsch, nur noch einmal – ein letztes Mal – einen Schluck Wein zu nehmen. Der Gedanke ließ ihn nicht mehr in Ruhe.

Mit einem Mal richtete er sich auf, sah angestrengt in die Dunkelheit. »Sei gegrüßt, Johanna!«, sagte er zu der schemenhaften Gestalt, die jetzt an der Stelle lehnte, an der er vorher selbst gelehnt hatte. Sie hatte einen Krug in der Hand und prostete ihm zu.

Das blinde Mädchen, das er auf dem Scheiterhaufen gesehen hatte, grüßte zurück und fragte ihn, ob er nicht einen Schluck von ihrem Wein haben wolle. Sie hatte keine Pupillen. Ihre Haut zeigte deutliche Spuren von Verbrennung.

»Ich danke dir vielmals für das Angebot«, sagte Richard. »Aber ich trinke seit einiger Zeit nicht mehr. Bist du den Flammen entkommen?«

Das blinde Mädchen nickte.

»Verrate mir, Johanna, kennst du nicht zufällig einen Weg aus dieser Höhle?«

Johanna verneinte.

Richard kam sich mit einem Mal beobachtet vor. So wie damals, als er betrunken gefeiert hatte. Es waren die Kinder, die er sich eben noch eingebildet hatte. Sie schienen ihn verächtlich anzusehen.

Blitzartig drehte er sich um. Niemand war da.

Er blickte wieder das blinde Mädchen an. Zu gern hätte Richard den Krug an sich genommen. Er konnte den Wein riechen.

»Trinkt dein Vater auch viel Wein und Bier?«

Johanna erinnerte sich, dass er das bisweilen tat.

»Ist er manchmal betrunken davon?«

Daran konnte sich Johanna nicht erinnern.

»Du bist noch jung, Johanna«, sagte Richard. »Du weißt nicht, wie das ist, wenn man nach dem Zeug süchtig wird. Aber wenn man es wird, ist es schlimm. Sobald man einmal mit dem Trinken aufhört, kommt man sich wie ein Edelmann vor. Einer, der alles kann, nichts falsch macht. Einer, der ein Vorbild sein kann. Einer, der auf die anderen herabblicken kann, die mit dem Trinken nicht aufhören können. Auf die, die sich weiter so lange betrinken, bis sie daran schließlich sterben. Wenn man nicht mehr süchtig ist, merkt man, wie es einem besser geht. Man hat nicht mehr andauernd den Gedanken nach Bier oder Wein im Sinn, man riecht nicht mehr aus dem Mund. Man beobachtet keine Leute mehr, die den letzten Tropfen Wein austrinken, um nur für einen Augenblick ein befriedigendes Gefühl zu verspüren.«

Richard schwieg einen Moment.

»Und man kommt zu Erkenntnissen«, fuhr er fort. »Erkenntnisse, die man als Trunksüchtiger noch nicht hatte. Zum Beispiel, wie leicht es ist, mit dem Trinken wieder anzufangen. Oder wie eingeengt man ist. Wie enthaltsam. Von morgens bis abends lebst du nur wie ein Mönch. Du darfst dir nichts erlauben. Man bekommt also dieses Gefühl, etwas geschafft zu haben, von diesem Zeug unabhängig geworden zu sein, von nun an ein normales Leben führen zu können. Deine Verwandten, alle klatschen sie Beifall, nur deine Saufbrüder, die klatschen nicht. Sie waren einmal deine besten Freunde, aber jetzt nicht mehr.«

Das blinde Mädchen führte den Krug an ihren Mund. Hastig nahm sie einen Schluck und zeigte ihn Richard. Ein Viertel des Inhalts hatte sie bereits getrunken. Bald wäre für ihn nichts mehr übrig.

Richard stellte sich vor, einen Schluck aus dem Krug zu nehmen und ihn seelenruhig Johanna zurückzugeben. Fast glaubte er, vom Geruch schon betrunken zu werden.

Er beobachtete, wie Johanna den Krug ein weiteres Mal an ihre Lippen führte. Sie trank und setzte ihn langsam und genüsslich ab. Richard verspürte wieder das Gesinde hinter sich, wie es sich über ihn lustig machte. Er nahm die Kinder ganz deutlich wahr. Er hätte sich nur umdrehen müssen, um sie zu sehen. Es war ihm gleichgültig. Wenn sie das Bedürfnis hatten, sich lustig zu machen, sollten sie doch. Sollten sie es doch in alle Welt hinausrufen, damit es morgen jeder wüsste.

Richard musterte Johanna. Nun hatte er endlich die Möglichkeit, ihr seine Fragen zu stellen. »Du bist mit dem Rattenfänger und den anderen Kindern hierhergezogen, richtig?«

Johanna grinste ihn an und endlich sprach sie: »Das war eine sehr merkwürdige Geschichte. Immer wenn unsere Eltern die Messe besuchten, gingen meine Freunde und ich zum Versteckspielen auf den Marktplatz. Und eines Tages, da war mir so, als wäre jemand in meiner Nähe, der mich beobachten würde Ich spürte es irgendwie. Es war ein Mann, der ein Obergewand aus vielen bunten Farben hatte. Aber sein Gesicht war so blass, dass er mehr ein Geist als ein Mensch war.«

Richard erinnerte sich an die Worte von Gruelhot. Er schien die Wahrheit gesagt zu haben. »Hat der Mann irgendetwas gesagt?«

»Nein. Er starrte mich nur an und fing dann an, auf seiner Flöte zu spielen. Seine Musik hatte so etwas Beruhigendes, wie ich es noch nie gehört hatte. Meine Freunde und ich fühlten uns zu der Musik hingezogen und folgten dem Fremden aus der Stadt. Aber als wir uns dann immer weiter von Zuhause entfernten, ist mir mulmig geworden. Und ich drehte um … Wollt Ihr den Rest austrinken?«, fragte Johanna und hielt Richard den Krug hin.

Reflexartig griff er danach. Im selben Moment holte ihn aber schon sein Gewissen ein, und er suchte nach einer Ausrede. »Ich bin kein Mann, der sich einfach so einladen lässt.« Aber er roch den Wein. Nicht mehr lange, und er verlöre die Selbstbeherrschung.

»Das ist in Ordnung«, sagte Johanna. »Ihr schuldet mir nichts. Order von meinem Herrn persönlich.«

Richard horchte auf. »Kannst du mich zu deinem Herrn führen?«

»Alles zu seiner Zeit. Der Herr würde gerne Ado und Odulf kennenlernen«, sagte sie. »Er hat schon vieles von ihnen gehört. Er brennt darauf, sie endlich zu treffen.«

Er blickte das blinde Mädchen fassungslos an. Das Fackellicht hatte mittlerweile so stark nachgelassen, dass er in ihrem Gesicht kaum noch etwas lesen konnte.

Wenn den Rattenfänger einer zur Strecke bringt, bin ich das!, dachte er. Ich werde meinen Ruhm nicht mit meinen Söldnern teilen! Nicht mit Odulf und nicht mit Ado. Die wollen am liebsten sofort nach Braunschweig zurückkehren. Aber das werde ich unterbinden. Ich sorge dafür, dass wir noch lange hierbleiben. Ich mache aus dieser Rattenfänger-Geschichte einen Mythos. Wenn es sein muss, verkaufe ich dafür meine Seele.

»*Ich* würde den ›Herrn‹ gerne sofort sprechen.« Seine Worte wirkten wie die eines verärgerten Kunden auf dem Markt. »Warum will der ›Herr‹ Ado und Odulf kennenlernen? Woher weiß er …« Jetzt bemerkte er seine eigene Unsicherheit.

»Nehmt einen Schluck aus dem Krug«, sagte Johanna. »Ich weiß nicht, was den Herrn umtreibt.«

Johannas Gesicht schien sich nun permanent zu wandeln. Richard glaubte, dass sich alle Konturen ständig änderten. Es sah so aus, als ob ihre Haut rasend schnell altern würde und es zeigten sich bald Falten. Für einen Augenblick sah es so aus, als würde Johanna aus Nase und Mund bluten.

Aus welchem Grund hatte Johanna Ado und Odulf erwähnt?

Richard sah den Krug an und zögerte. Er spürte, wie allein der Geruch des Weins seinen Verstand immer mehr vernebelte. Nicht mehr lange, und er wäre verloren.

Er hatte wieder das Bild des Priesters vor sich, der in seinem Blut lag. Er sah die entsetzlichen Wunden, die sein Opfer hatte.

Er sah seine eigene Hand, an der Blut klebte. Er sah die entsetzten Gesichter der Menschen um ihn herum.

»Ich würde gerne …«, fing er an, unterbrach sich jedoch als er merkte, dass seine Stimme so laut war, dass sie jetzt auch noch jemand am anderen Ende des Stollens hören konnte. Er bemühte sich, einen deutlich leiseren Ton einzuschlagen. »Ich würde gerne den Herrn treffen. Ich denke, dass sich Ado und Odulf auf so einem Fest nicht wohlfühlen …«

»Macht Euch keine Sorgen, Richard von Calenstein!«, fiel ihm Johanna ins Wort. »Der Herr wird auch Euch bald aufsuchen. Er wird Euch alles erklären. Er will Euch bei Eurer Suche nach dem Ausgang helfen. Nehmt einen Schluck vom Wein!«

Johannas Freundlichkeit erschien Richard jetzt zu aufdringlich.

»Trinken!«, glaubte er plötzlich Hunderte von Stimmen zu hören, wie auf einem Bankett, wenn man auf die Gesundheit des Gastgebers anstoßen wollte.

Er nahm den Krug, führte ihn zum Mund und zögerte. »Trinken!«, hallte es ununterbrochen von allen Seiten. So als stimmten Leute ein Lied an. Auch Johanna fiel mit ein. Richard nahm einen kräftigen

Schluck. Wie Gift schoss der Wein in sein Blut und stieg sofort in seinen Kopf, um Besitz von ihm zu ergreifen. Richard wurde schwindelig. Er meinte, den Kontakt zum Boden zu verlieren. Sofort erwachte dieses alte, vertraute Gefühl. Er fühlte sich so entspannt, wie lange nicht mehr. Mit einem Mal schienen all seine Sorgen vergessen zu sein.

»Darf ich noch einen Schluck nehmen?«, fragte er.

»Selbstverständlich«, antwortete Johanna.

Es sah so aus, als nahm ihr Gesicht wieder einen natürlichen, gesunden Anblick an.

»Ich danke dir vielmals, Johanna«, sagte Richard.

»Dankt nicht mir, sondern dem Herrn.«

Diesmal ließ Richard sich beim Trinken mehr Zeit. Ruhig und genüsslich. Er behielt den Wein einen Augenblick in seinem Mund, bevor er ihn hinunterschluckte.

»Wusstest Ihr eigentlich, dass Eure Männer Euch hintergehen?«, fragte Johanna.

»Ja, sehr eigenwillig, die beiden.«

»Ich beobachte Euch schon seit zwei Tagen. Und, wenn ich mir diese Bemerkung erlauben darf: äußerst hinterhältig sind sie.«

Richard wurde nachdenklich. Hatte sie ihn und seine Männer tatsächlich beobachtet? »Du hast uns beobachtet?«

»Die beiden wollen Euch an Bürgermeister Gruelhot ausliefern. Wegen der Entführung des Mädchens.«

Richard schwieg. Er überlegte, ob Johanna die Wahrheit sagte. Vielleicht lag sie falsch. Vielleicht aber auch richtig.

Die blinden Augen des Mädchens schienen Richard einen durchdringenden Blick zuzuwerfen. »Vielleicht solltet Ihr sie zurechtstutzen. Und wenn das nichts nutzt, solltet Ihr gar zu gröberen Mittel greifen. Leider erkennen manche Menschen irgendwann nicht mehr, wann sie ihrem Herrn zu wenig Respekt entgegenbringen. Dann liegt es einem selbst, sich diesen Respekt neu zu verschaffen. Findet Ihr nicht auch?«

»Ja, vielleicht hast du recht.«

»Ich denke, Ihr seid Euren Begleitern gleichgültig,« sagte Johanna. »Sie treffen ihre eigenen Entscheidungen. Sie missachten Eure Befehle. Sie handeln hinter

Eurem Rücken. Ihr müsst ihnen klar machen, dass sie sich falsch verhalten.«

Das, was Johanna sagte, hatte Hand und Fuß. Nur wenige Male hatte er versucht, die Oberhand wiederzuerlangen, und er hatte nicht genügend Durchsetzungsvermögen gezeigt. Als ihr Herr hatte er mehr Respekt verdient. Vielleicht verstanden Odulf und Ado das nicht. Doch wenn sie es nicht verstehen wollten, musste er härtere Saiten aufziehen. Wenn Odulf und Ado absichtlich gegen ihn arbeiteten, hatte er dann nicht gar die Pflicht, zu handeln?

Er spürte immer noch die Blicke der jungen Leute in seinem Nacken. Wie sie über ihn lästerten. Fast konnte er ihr Gelächter hören.

Wütend drehte er sich um. »Schert euch zum …!« Niemand war da. Er drehte sich zu Johanna, auch sie war verschwunden.

Stille lag über der Höhle. Richard blickte in die Dunkelheit. Für einen Moment hatte er das Bedürfnis, seiner Wut freien Lauf zu lassen, alles in seiner Umgebung kurz und klein zu schlagen.

13. Kapitel

Als Ado erwachte, war Odulf nicht da. Niemand hielt Wache.

Zunächst dachte Ado, sein Freund sei nur eben in eine der Nebengänge, um sich zu entleeren. Doch als Odulf auch nach geraumer Zeit nicht zurückkehrte, rief Ado erfolglos nach ihm. Er wurde nervös und weckte seinen Herrn.

»Hochwohlgeboren, wo ist Odulf?«

Sein Herr rieb sich die Augen. »Keine Ahnung.«

Für einen kurzen Augenblick sah Ado ihn finster an. Der schien das zu bemerken.

»Willst du andeuten, ich hätte Odulf etwas angetan?«

»Hochwohlgeboren, beruhigt Euch!«

»Weil ich damals den Priester fast totgeprügelt habe, bin ich jetzt für immer gewalttätig? Für alles verantwortlich?«

»Hochwohlgeboren, nein ...«

»Was, Hochwohlgeboren?« Sein Herr richtete sich auf. »Gib es doch zu, dass du das jedes Mal denkst, wenn irgendjemand in

Gefahr sein könnte! Dass ich ihm etwas angetan hätte! Dass ich einmal beinahe einen Menschen getötet habe und deswegen jederzeit eine Bedrohung für andere bin. Such doch deinen Freund. Schrei dir die Kehle aus dem Hals!«

Ado wandte sich von ihm ab. Er nahm die Fackel und ging in den Gang hinein.

»Tut mir leid, ich habe mich zu sehr ereifert«, sagte Richard plötzlich neben ihm. Offensichtlich war er ihm nachgegangen, was Ado nicht bemerkt hatte. »Ich möchte mich bei dir entschuldigen.«

»Schon gut,« sagte Ado, doch seine angespannte Mimik änderte sich nicht. Er ging weiter. »Odulf, wo bist du?«, schrie er.

Keine Antwort. Ado rief ein weiteres Mal, doch es blieb still. Bald war er ernsthaft besorgt.

»Hat er wie geplant seine Wache von Euch übernommen?«, wollte sein Herr wissen.

»Ja, ich habe ihn geweckt und bin dann eingeschlafen.«

»Ich glaube, dass er sich nur kurz entleert. Da wird er kaum Aufmerksamkeit wünschen. Mittlerweile ist er bestimmt zurück.«

»Dafür ist er schon zu lange weg.«

»Seine Sachen sind noch im Lager, es ist also eher unwahrscheinlich, dass er einfach weggelaufen ist.«

»Wir müssen ihn suchen! Es könnte ja sein, dass er gestürzt und bewusstlos ist.«

Überraschenderweise stimmte ihm sein Herr dieses Mal zu. Sie gingen zurück zum Lager, aßen schnell eine Kleinigkeit, packten ihre Decken ein und bereiteten ihre Taschen zum Abmarsch vor. Odulf kam nicht zurück.

Entgegen ihrer Abmachung entzündeten sie eine zweite Fackel und gingen in entgegengesetzte Richtungen, entfernten sich nicht zu weit vom Ausgangspunkt und suchten die nähere Umgebung ab. Doch von Odulf keine Spur.

Plötzlich trat Ado auf etwas Weiches. Zuerst vermutete er ein Tier, aber im Schein der Fackel erkannte er einen Stoffbeutel. Der musste von Odulf sein! Kein Zweifel. Er erkannte den Stoff wieder. Ado hielt den Beutel näher an die Flamme und erkannte Blut. Sein Herz hämmerte, als er das Zugband löste. Eine blutverschmierte Zunge mit einer Schnittwunde und zwei Augen mit blauen Pupillen, die ihn anstarrten. Odulfs Augen. Odulfs Zunge.

Verstört und entsetzt warf Ado den Beutel weg und rannte kopflos davon. Nach einer Weile blieb er stehen, keuchte, kauerte sich zusammen, schluchzte. Er hatte sich nicht mehr unter Kontrolle.

»Ado, was ist los?«, rief sein Herr aus der Ferne.

»Gar nichts … es ist alles in Ordnung!« Ado versuchte, zuversichtlich zu klingen.

»Ado, geht es dir gut?«

»Ja, alles bestens!«

Odulf war tot. Mit Sicherheit. Jetzt war eine Grenze überschritten worden.

Ado fragte sich, warum der Mörder die Augen und die Zunge hier hinterlassen hatte. Sollten sie eine Warnung sein? Die Augen, damit Odulf nichts mehr sehen konnte, die Zunge … damit er nicht mehr sprechen konnte? Bei Gott! Die beiden Kinder, die nach Hameln zurückgekehrt waren! Das eine blind, das andere stumm. Lieber Himmel, wer war als Nächstes an der Reihe? Ados schlimme Vorahnung und Befürchtungen bestätigten sich jetzt.

*

Mit ausgestreckten Beinen saß Richard in einem der Gänge, lehnte an der Wand. Er hatte die Suche nach Odulf aufgegeben. In seiner Hand hielt er ein letztes vertrocknetes Stück Brot, von dem er ab und zu ein Stück abbrach. Die eine Hälfte davon fiel auf den Boden, die andere würgte er hinunter. Es kümmerte ihn nicht mehr. Wozu auch? Sie würden hier drin elendig zugrunde gehen. Richard erhoffte sich von der Esserei ein Glücksgefühl, das aber ausblieb. Wie eine Medizin, die keine Wirkung zeigte.

Blasen an seinen Füßen und sein verletzter Rücken verursachten empfindliche Schmerzen. Sein Magen knurrte. Er war übermüdet von langen Unterbrechungen seines Schlafes. Seine Stimmbänder hatte er sich mit verzweifelten Rufen heiser geschrien. Sein Schädel quälte ihn mit dem Wunsch nach Wein. Ihm war schwindelig. Sein Mund brannte nach einem Schluck Bier.

Wenn er nur je wieder aus dieser Höhle herauskäme …

Niemals wieder würden Odulf und Ado ihm trauen, so dachte er. Sie erkannten nicht, dass er Zeit brauchte. Dass er auf einem sehr guten Weg war, mit seiner Vergangenheit abzuschließen. Er wusste, wie er es schaffen konnte, doch diese letzte Möglichkeit gestanden sie ihm nicht zu. Nun heckten sie hinter seinem Rücken Pläne aus. Böse Pläne. Sie planten, ihm in den Rücken fallen. Sie wollten ihm die letzte Gelegenheit nehmen, seine Vergangenheit wieder gutzumachen. Wahrscheinlich wollten sie ihren Treueeid brechen und ihn in Hameln ausliefern.

Die Erinnerungen an das Fass kamen zurück. Hatte er wirklich getrunken? Warum hatte er sich zu diesem Schluck hinreißen lassen? Hatte er sich denn nicht geschworen, nie wieder Bier oder Wein zu sich zu nehmen? Damit er nicht mehr betrunken, nicht mehr gewalttätig werden würde? Doch irgendwie hatte er das Gefühl, bereits vor diesem verhängnisvollen Schluck nicht mehr Herr seiner selbst gewesen zu sein. Bereits seit sie in Hameln angekommen waren. Seit seinem merkwürdigen Vorfall am Scheiterhaufen. Als ob diese Betrunkenheit nicht von Bier oder Wein, sondern von etwas anderem kam, dass ihn die ganze Zeit verfolgte.

Er stopfte sich wieder Brot in den Mund. Sein Magen rebellierte, doch er unterdrückte den Brechreiz so gut er konnte. Noch war er bei Verstand. Oder etwa nicht? Wer war er? Der Richard, der einen Priester beinahe totgeschlagen hatte? Oder der Richard, der dabei war, sich den Weg aus der gesellschaftlichen Verbannung freizukämpfen? Der seinen Verstand gebrauchte, um zu leben. Um zu überleben. Doch ihn zu gebrauchen, bedeutete, alle Gefahren rechtzeitig zu erkennen, sie zu meiden. Genau das war ihm offenbar nicht gelungen.

Er warf das Brot fort und spuckte auf den Boden.

Plötzlich merkte er den verführerischen Geruch von Wein in der Luft. Von irgendwoher kam Musik. Die Kinder waren wieder in Stimmung. Er sah sie vor sich. Der Traum wurde Wirklichkeit.

Richard wurde rasend. Es gab genug zu trinken für Tage. Er musste sie ansprechen, mit ihnen Kontakt aufnehmen, wegen ihnen war er hier!

Aber sie kümmerten sich nicht um ihn. Als ob er Luft wäre.

»Was muss ich tun, damit ihr mich wahrnehmt?«, schrie er.

»Das habe ich Euch doch schon gesagt«, antwortete eine Stimme, die ihm bekannt vorkam.

Das blinde Mädchen stand vor ihm. Die anderen Kinder waren verschwunden, die Musik verstummt. Auch den Wein roch er nicht mehr.

»Seid Ihr denn nicht meinem Rat gefolgt, Ritter Richard von Calenstein? Wolltet Ihr Euch nicht um Eure beiden Begleiter kümmern? Ich dachte, ich sehe nach Euch, weil mir Eure Untätigkeit aufgefallen ist. Ich bin sehr beunruhigt.«

»Odulf finden wir nicht mehr. Ado befindet sich irgendwo in der Nähe. Ich bin noch nicht dazu gekommen, die beiden zur Rede zu stellen. Es hat sich noch nicht die passende Gelegenheit geboten.«

»Ihr solltet nicht nachgiebig sein, Richard von Calenstein! Das spricht nicht gerade für Euren Stand. Habt Ihr nicht den Mut, Eure Widersacher zurechtzustutzen?«

Richard versuchte, den Vorwurf zu ignorieren. »Kannst du uns aus dieser Höhle herausführen? Dann werde ich mich um die beiden kümmern.«

»Wirklich, Richard von Calenstein? Ich denke nicht, dass Ihr dazu in der Lage seid. Ihr seid meiner Ansicht nach einfach zu gutherzig. Zu Eurem eigenen Leidwesen. Ich kann Euch helfen, hier herauszukommen. Aber ich glaube nicht, dass Ihr ein starker Ritter werdet.«

»Ich werde es!«, rief Richard. »Ich werde ein edler Ritter! Das werde ich dir zeigen. Ich werde meine beiden Begleiter bestrafen und es dir beweisen. Wenn du uns aus dieser Höhle herausführst.«

»Das liegt nur an Euch, Richard von Calenstein! Weist Eure Begleiter zurecht, dann wird alles von alleine geschehen.«

»Wie meinst du das?«

»Erledigt einfach Eure Angelegenheiten. Und alles, was Ihr Euch wünscht, wird in Erfüllung gehen. Eure Männer haben Euch hereingelegt. Sie wollen Euch loswerden. Ihr hättet Euch ihrer schon viel früher entledigen sollen. Dann wäre alles wesentlich leichter für Euch gewesen.«

»Ich werde mir die beiden vornehmen. Sobald die richtige Gelegenheit dazu kommt.«

»Vielleicht müsst Ihr zu gröberen Mitteln greifen, Richard von Calenstein! Von denen sich Eure Männer nicht mehr erholen werden.«

»Wenn es notwendig ist, werde ich es tun. Wenn ich aus dieser Höhle herauskomme.«

»Es liegt an Euch, Ritter Richard von Calenstein.«

»Ich werde alles tun, was vonnöten ist. Ich …«

Plötzlich war das blinde Mädchen verschwunden. Wie vom Erdboden verschluckt. Richard atmete tief durch. Ein eisiger Luftzug umfing ihn. Wie ein Vorbote der Apokalypse.

Das Gefühl verflog.

»Ich werde alles tun, was notwendig ist«, sagte Richard entschlossen. Er bekam keine Antwort.

*

Nach einiger Zeit kam Ado an die Stelle zurück, in der sie geschlafen hatten. Richard war nicht da. Fluch oder Segen? Ado setzte sich in eine Ecke. Was sollte er jetzt noch tun? Es gab keinen Ausweg mehr. Er würde in dieser Höhle sterben. Das war für ihn nun Gewissheit. Ob durch Verhungern oder die Hand eines Angreifers. Er würde seine Eltern, seine Kameraden nicht mehr sehen. Es gab so vieles, das er in seinem Leben gerne noch gemacht hätte. Doch nun ging es zu Ende.

Er hatte seinem Herrn helfen wollen. Die Suche nach den Hamelner Kindern sollte einen Schlussstrich unter Richards Vergangenheit ziehen. Doch es wurde zum schlimmsten Alptraum.

Seine Fackel würde bald ausgehen.

Sein Blick fiel auf Richards Tasche. Darin, das wusste er, lag das Papyrus, auf dem Richard seinen Bericht anfertigen wollte. Ohne schlechtes Gewissen nahm Ado es an sich und warf einen Blick darauf. Er erhoffte sich, darin einen Hinweis zu finden, was Richard bedrückte. So machte es sich nun wenigstens bezahlt, dass Richard ihm das Lesen beigebracht hatte. Er blätterte durch die Seiten, bis er auf die letzte Seite kam.

Was er las, verschlug ihm die Sprache. Richard hatte bereits das Ende ihres Unternehmens verfasst. Er erzählte von dem ruhmreichen Ritter und seinen beiden Söldnern, die er im Poppenberg verloren hatte. Das war also das Schicksal, das Richard für alle drei vorgesehen hatte.

Ein eindeutigeres Anzeichen, dass Richard den Verstand verloren hatte, hätte Ado kaum finden können. In einem Akt der Verzweiflung schleuderte er das Papyrus von sich.

Doch dann versuchte er, einen klaren Gedanken zu fassen. Richard konnte Realität und Wahnvorstellungen nicht mehr unterscheiden. Doch hatte er tatsächlich Odulf getötet? Oder war es doch jemand gewesen, der hinter ihnen her war?

»Gefällt es dir?«, hörte er plötzlich eine Stimme.

Es war Richard. Mit einem Grinsen im Gesicht stand er einige Schritte vor ihm. Einem unheimlichen Grinsen. »Gefällt dir mein Bericht? Soll ich ihn anders schrieben?«

»Nein. Er ist sehr gut«, stotterte Ado.

Richard spuckte auf den Boden und kam bedrohlich auf ihn zu. Ados Griff ging reflexartig zu seiner Armbrust, die hinter ihm lag.

»Hast du eine Spur von Odulf gefunden?«, fragte Richard.

Ado überlegte, ob Richard damit auf den Stoffbeutel anspielen wollte. »Nein ... Ihr?«

»Ich auch nicht. Vielleicht ist er tatsächlich davongelaufen. Wie dem auch sei, ich denke, wir sollten ohne ihn weitergehen. Bald verlöscht unsere letzte Fackel. Ich bin mir sicher, dass wir gleich nach draußen finden werden.«

Sein Herr hatte den Verstand verloren. Das stand für Ado fest. Er stand auf und wich einen Schritt zurück.

Richard blieb vor ihm stehen, nahm seine Tasche. »Gibst du mir bitte auch den

Papyrus? Ich muss den Bericht noch einmal prüfen.«

Ado zögerte. Vielleicht war es besser, erst einmal so zu tun, als würde er noch zu Richard halten.

»Also gut«, sagte er, beugte sich nach vorne, ergriff es und gab es ihm. »Was machen wir mit Odulfs Sachen?«

»Wir lassen sie hier. Wir können sie nicht mitnehmen.«

Sie ließen Odulfs Lanze, seine Tasche und die Decke zurück. Während sie unterwegs waren, bemühte sich Ado, immer einen Mindestabstand zu seinem Herrn einzuhalten.

*

Im Laufe der Zeit wurden Richards Wahnvorstellungen stärker. Realität und Phantasie schienen sich zunehmend zu vermischen. Als Ado einmal etwas zurückfiel, sah Richard plötzlich seinen Vater neben sich hergehen. Er sah ihn so deutlich, dass er zunächst keinen Zweifel hatte, dass er wirklich da war. Ja, sein Vater war noch am Leben. Er begann, mit ihm zu sprechen. Es täte seinem Vater alles furchtbar leid, was er falsch gemacht habe. Sein Vater schien einen Ausweg aus dem Tunnelsystem zu kennen. Doch als er in einen Nebengang ging, verschwand er spurlos. Richard suchte den Nebengang ab, konnte ihn nirgendwo finden und hätte beinahe Ado verloren. Er begriff, dass sein Vater niemals da gewesen war.

Sie kamen in einen Gang, in dem an der Decke Hunderte kleine dunkle Tiere hingen. Fledermäuse, dachte Richard. Doch beim näheren Hinsehen waren es keine Fledermäuse, es waren Ratten. Unzählige verendete Nagetiere, die mit den Schwänzen an der Decke festgebunden waren. Aus ihrem Inneren quollen Maden heraus. Sofort wendete Richard seinen Blick ab, und als er noch einmal nach oben sah, war dort nichts.

Später glaubte er, jemand spiele Flöte. Irgendwo in den Gängen. Nein, die Musik war direkt in seinem Ohr.

Richard und Ado fanden einen größeren Höhlenraum mit einem kleinen Wasserloch in der Mitte. Natürlich wollten sie die Gelegenheit nutzen, um ihre Vorräte aufzufüllen. Als Richard seine Wasserflasche untertauchte, sah er unter Wasser den abgetrennten Kopf eines Jungen, dessen Augen geschlossen waren. Als er danach griff, schlug der seine Augen auf, sie starrten ihn an. Richard schreckte zurück, und der Kopf verschwand.

Dann glaubte er, Hunderte von Fackeln erleuchteten die Gänge. Scharen von Rettungstrupps wären unterwegs, sie zu die nach ihnen suchten. Das Merkwürdige daran war nur, dass er niemanden sehen oder hören konnte. Er nahm nur die unzähligen Lichter wahr, die er dort in einiger Entfernung sah. Sie zogen vorüber, und bald waren Richard und Ado wieder allein.

Und dann wieder die Flötenmusik. Sie dirigierten Richard mal in diese, mal in jene Richtung. An einer Stelle sah er eine tote Fledermaus auf dem Boden liegen. Auch als Richard ein zweites Mal hinsah, lag sie immer noch dort. Er glaubte, Ratten gelegentlich über den Boden huschen zu sehen. Was er aber deutlich erkennen konnte, waren die Kreuze, die Odulf in die Wände geritzt hatten. Er und Ado kamen jetzt also an Stellen vorbei, an denen sie schon einmal gewesen waren. Sie bewegten sich wieder im Kreis.

Irgendwann begannen die Schreie. Stöhnende Schreie. Schreie vor Schmerzen.

»Ist er das?«, fragte Ado mit heiserer Stimme.

»Das ist er bestimmt«, sagte Richard. »Wir müssen ihn suchen!« Er eilte davon, ohne sich um Ado zu kümmern.

*

»Hochwohlgeboren!« rief Ado, der sich wunderte, dass sein Herr in die falsche Richtung lief. »Wo wollt Ihr hin? Die Schreie kommen nicht von dort! Ihr habt keine Fackel, Herr!«

Richard war verschwunden.

Ado war verzweifelt. Natürlich war ihm Richards Verhalten nicht entgangen. Er hatte ihn mehrmals mit sich selbst leise reden hören. Doch was konnte er dagegen tun? Die Situation stellte ihn immer mehr vor eine unlösbare Aufgabe: Er wollte Odulf wiederfinden, während er gleichzeitig ein Auge auf Richard haben und einen Ausgang suchen musste. Er durfte Odulf nicht im Stich lassen, falls der noch am Leben war.

Sein Herr hatte sich Personen eingebildet, hatte geschrien und laut vor sich her gesungen. Er hatte sich sonderbar fortbewegt, war gestolpert, obwohl es überhaupt keinen Grund dazu gab. Doch zuletzt war er ruhig geworden. Wie die Ruhe vor einem Sturm.

Dann glaubte er, leise Stimmen zu hören. War es nur das Pfeifen eines Luftzugs, oder war das sein Herr, der mit den Personen in seiner Vorstellung sprach?

Er versuchte zu lauschen, aber im gleichen Moment verstummten die Stimmen.

Aber Ado fühlte sich beobachtet.

Blitzartig fuhr er herum. Fast glaubte er, in der Dunkelheit ein finsteres Gesicht zu sehen, doch niemand war da.

Erneut hörte er Geräusche.

Reiß dich zusammen, sagte er sich.

Der Gang, in dem er sich befand, war gerade so hoch, dass er noch aufrecht gehen konnte. Breit für ein bis zwei Personen. Er führte schräg nach unten in den Berg hinein, und Ado folgte ihm. Je tiefer Ado kam, desto kälter wurde ihm.

Der Gedanke, vom Rattenfänger gefunden und als Gespenst für immer und ewig an diesen Ort gebunden zu sein, ließ Ado beinah erstarren. Doch Besitz ergriffen hatte der Pfeiffer bisher nur von Richard. So schien es zumindest. Dabei blieb es hoffentlich.

Plötzlich überfiel Ado ein schrecklicher Gedanke. War Richard gar der geheimnisvolle Rattenfänger selbst?

Eben hatte er diese furchtbare Idee zu Ende gedacht, als Odulfs Schreie wieder zu hören waren. Er konnte nicht weit weg sein. Ado dachte darüber nach, wie er sich und seinen Freund aus Richards Einflussbereich bringen könnte, hätte er Odulf erst einmal befreit. Er fragte sich, ob sein Herr plötzlich vor ihm in der Dunkelheit auftauchte. Oder würde er sich von hinten an ihn heranschleichen? Er überlegte, ob er dann überhaupt schnell genug reagieren konnte. Ob er seine Armbrust auf Richard richten und den Schuss abfeuern konnte. Wahrscheinlich hatte der bis dahin längst sein Schwert gezogen und Ado den Todesstoß versetzt. Oder war Ado noch stark genug, um sich wehren zu können? Auch diesen Gedanken versuchte er, so schnell wie möglich zu verdrängen, aber es gelang ihm nicht. Er musste sich dieser Prüfung stellen! Oder es war vorbei. Und müsste er dafür auch seine Treue brechen.

Er eilte weiter. Den Gang entlang.

Dann nahm er wieder die Schreie wahr. Odulf.

Der Gedanke, seinem Freund nicht sofort helfen zu können, trieb ihn in den Wahnsinn.

Von Zeit zu Zeit blickte er nach hinten, ob ihm jemand folgte.

Dann teilte sich auf einmal der Gang in zwei neue auf. Ado vernahm Odulfs Geschrei, doch gelang es ihm nicht festzustellen, aus welcher Richtung es kam. Es schien fast so, als würde es von überall kommen.

Er entschied sich für den linken Gang.

»Odulf?«, rief er, auch auf die Gefahr hin, Richards Aufmerksamkeit damit auf sich zu lenken.

Die Schreie verstummten.

»Odulf?«, rief er noch einmal.

Es blieb still.

Plötzlich hielt er inne. Zuerst meinte er, seine Augen, die an den grauen Stein der Höhlengänge gewöhnt waren, würden ihm einen Streich spielen. Er streckte die Hand aus, berührte das, was er vor sich sah. Tastete. Strich mit den Fingern darüber. Holz. Eine geschlossene Holztür, die sich auf der rechten Seite des Ganges befand. Sein Herz klopfte. Ado legte sein Ohr an die Tür. Nichts.

»Odulf?«, flüsterte er leise und zögernd.

Entschlossen hielt er die Armbrust in seiner Hand. Er konnte nirgends einen Griff oder Knauf entdecken. Mit aller Kraft warf er sich gegen die Tür. Sie sprang auf.

Es war ein Anblick des Grauens. Es war so entsetzlich, dass Ado am liebsten davongerannt wäre. Der Raum hinter der Tür glich einer Folterwerkstatt. Blutverschmierte Werkzeuge lagen auf einem Tisch. An der Hinterwand befand sich mit Eisenketten gefesselt der leblose Körper von Odulf. Die Augen waren herausgeschnitten, aus seinem Mund floss eine große Menge Blut, und in seine Stirn waren heidnische Zeichen geritzt.

Ado eilte zu seinem Freund hinüber und prüfte, ob der noch am Leben war. Kein Lebenszeichen. Ado war zu spät gekommen.

Ein Tappen auf dem Gang, ließ ihn herumfahren. Ados Herz raste. War es sein Herr? Der Rattenfänger? Was es auch war, es kam näher.

»Hochwohlgeboren? Seid Ihr das?«, flüsterte Ado mit erstickter Stimme.

Die Angst lähmte seinen Verstand. Im letzten Moment gab er sich einen Ruck, sprang eilig zur Tür hinüber. Er schloss sie und schob den Riegel vor, der auf der Innenseite angebracht war.

Die Schritte stoppten vor der Tür. Ado hielt die Luft an. Dann warf sich etwas gegen das Holz. Er brach in Panik aus, eilte zum Tisch, legte seine Fackel darauf und setzte zum Schuss mit seiner Armbrust an. Auch auf die Gefahr hin, seinen Herrn zu treffen, drückte er ab.

Der Bolzen durchschlug die Tür. Das Rütteln jedoch ging weiter. Ado lud den nächsten Bolzen.

Vor dem zweiten Schuss hörte das Rütteln auf.

Ado stand regungslos da. Tausend Gedanken schossen ihm durch den Kopf. Er überlegte, was als Nächstes geschehen mochte. Wie lange musste er hier drinbleiben?

Da tauchte aus der Dunkelheit hinter ihm eine Gestalt auf. Lautlos. Als habe sie sich aus der Felswand geschält. Richard. Nein, es war es nicht Richard selbst. Etwas Fremdes, Bösartiges hatte Besitz von ihm ergriffen. Ein schauriges Grinsen lag in seinem Gesicht. In seinen Händen hielt er sein Schwert. Er holte aus.

Ados Kopf rollte über den unebenen Boden. Sein Körper brach zusammen.

*

Mein Gott, was hatte er getan!

Ein letztes Mal blitzte Richards Verstand auf. Und plötzlich sah er alles klar vor sich. Plötzlich wurde ihm bewusst, was jetzt von ihm verlangt wurde. Der Rattenfänger wollte einen tapferen Mann. Richards Seele für die der Kinder.

Ausgezeichneter Tausch!

Als Richard die Stimme in seinem Kopf hörte und endlich begriff, wurde ihm klar, was er tun musste. Er griff nach seinem Schwert und richtete sich selbst. Spürte den kalten Stahl in seinen Körper dringen, den Schmerz, das Zerreißen von Sehnen und Muskeln. Er stöhnte.

Dann war es, als würde sich um ihn herum etwas verändern. Die Umgebung verfloss, die Kinder erschienen, winkten ihm zu, lächelten. Er hatte den Tausch vollzogen. Hatte sich selbst geopfert, um ihre Seelen zu befreien.

Die letzten Sekunden seines weltlichen Lebens wartete Richard darauf, dass ihn der Höllenfürst in Empfang nehmen würde.

MIX
Papier | Fördert
gute Waldnutzung
FSC® C083411

Zeitfracht Medien GmbH
Ferdinand-Jühlke-Straße 7
99095 Erfurt, Deutschland
produktsicherheit@kolibri360.de